宋詞是一朵情花

讀我千嬌百媚，願君如痴如醉

李會詩 —— 著

前言

千朵萬朵壓枝低

宋代的精彩如一幅立體靈動的《清明上河圖》！趙宋王朝的雍容華貴，才子佳人的婉轉多情，皇帝貴胄的風流豔史，文臣武將的掌故典藏，勾欄瓦肆的笑罵說唱，都印在了這幅展開的畫卷上，著了濃烈的色，閃著跳動的光。

那是令人心生嚮往又徒添悵惘的時代！

它經濟昌盛，平均每人的生活水準較高，不但出現了早市和夜市，還誕生了世界上最早的貨幣；它文化繁榮，整個社會都彌漫著對知識階層的尊重，詩書畫都達到了古代藝術的巔峰。遼道宗耶律洪基也忍不住感慨自己生在蠻荒之地進而希望「來世要做中國（宋）人」。優越的物質生活，自由的政治環境，終於培育出了前所未有的燦爛文明。而宋詞，正是這棵文明樹上的碩果，皇冠頂上的明珠。

最初的宋詞發源於筵席上文人們隨手寫就的唱詞，寫在燈紅酒綠的歡場，寫給輕歌曼舞的歌妓。漸漸地，隨著宋朝的發展與進步，詞裡有了不同的韻味，男人有志不能伸的鬱悶，女人有獨守空房的哀怨。這情愫，世世代代都有，只是未曾有機會如此充沛地流露。「詞言情」，是抒發心事的絕佳理由。再後來，滾滾長江，涓涓細流，文士們的寂寞，將士們的惆悵，家國之悲，身世之感，都緩緩注入宋詞的大海，蜿蜒曲折，波瀾壯闊，一路向前。而宋詞也因吸納了這豐富的歷史、無奈的生活、命運的悲喜、四季的輪迴，而顯出各種氣勢的美。

桃紅李白是美，枯藤老樹也是美；倚門回首是美，壯懷激烈也是美。美是多樣的，宋詞的美尤其異彩紛呈。對塵世的眷戀，對人生的感嘆，哀生計之奔波，悼戀人之遠去，與知交把酒言歡，偕愛侶登臨懷古……這些傷痛與欣喜，和著連綿起伏的音律、涵義雋永的語言，寫進一首首優美的宋詞中，融化在千年的時光裡，凝固在歷史的畫廊中。經風雨而妖嬈，歷歲月而彌香。

如果說宋代是一幅《清明上河圖》，那麼宋詞便是繡在畫卷上的情花，綽約多姿，楚楚動人，吸引人們去靠近、欣賞、品味她的「美」，體會其間的「情」，讓世間人明曉肝腸寸斷卻樂於執著追求。世間有情，而後有詞。

如果說宋詞是一朵情花，那麼時間就是最好的灌溉。北宋有從容嫻雅的氣度，南宋有風雨飄搖的驚懼。還有那些，江山初定的勝利，盛極而衰的轉折，終究滅亡的結局，王朝的興旺敗落，在宋詞中都有充分的描摹。而宋詞的發展，也有自身的規律：破土而出的驚喜，枝繁葉茂的蔥郁，行雲流水的瀟灑，亡命天涯的悲戚。其間的歡樂與憂愁，皆化作段段詞香，簌簌衣巾，落滿情花朵朵。

喜歡宋詞，喜歡宋詞裡廣闊的歷史天地、永恆的愛情主題、複雜的人生況味，還有詞人們多彩的經歷、不朽的傳奇。讀宋詞，要讀出詞中的清秀和雅致，也要讀出詞人的品格和氣度，更要讀懂他們背後的落寞與瀟灑、困惑與尷尬。宋詞的背後藏著許多故事：莫名的心動，難忘的相遇，痛苦的抉擇，這些都是生命成長的必經之路。所以，在挑選本書的詞與詞人時，我希望能收集更多的詞作，藉由領悟前人的心血和智慧，為讀者朋友提供多元的閱讀視角，以期領略宋詞中的美好與深情，更全面地理解古人充沛飽滿而又富有詩情的人生。

由此，請翻開泛黃的書頁，釋放無盡的詞香。

【目錄】

第五章 文人的天空 181

第六章 灑英雄淚 235

第七章　回不去的故鄉 277

第一章

廟堂奇高，江湖不遠

見天地與見自己——李煜

繼位之前的李煜是一個開朗活潑的青年。他天生異相，「一目雙瞳」（每隻眼睛都有兩個瞳孔），按古人的說法，此乃大富大貴之命，但此事放在皇家卻犯了忌諱。因為李煜雖為中主李璟第六子，可二哥到五哥都早早亡故，皇位的儲備人才只有大哥和他兩個人。翻開史書，從秦二世胡亥矯詔殺扶蘇，到唐朝的「玄武門之變」，每次的皇儲之爭幾乎都能引起骨肉相殘的悲劇。但李煜無心政治，為了讓大哥安心登基，早早便遠離了皇位的爭鬥，自我放逐，選擇做個瀟灑快活的貴公子。

浪花有意千里雪，桃李無言一隊春。一壺酒，一竿身，快活如儂有幾人。

一棹春風一葉舟，一綸繭縷一輕鉤。花滿渚，酒滿甌，萬頃波中得自由。

這兩首〈漁父〉詞描寫的是李煜身為皇子時的幸福生活。浪花似雪，桃李報春，掛一壺酒，撐一支竿，小舟在春風中微微蕩漾，賞花品酒，萬頃柔波中獨享自由的時光，不禁得意放言：世間能有幾人像我這樣快活？在李煜的詞作中，沒有金戈鐵馬，沒有戰火紛飛，只有輕鬆、快樂和自由。那時候，他的眼裡心裡都只有自己。

李煜本來是不打算當皇帝的，但李煜的大哥為爭奪皇位害死了叔父，接著又因為內疚和恐懼不久便過世了。李璟已無選擇，西元九六一年二月，吳王李從嘉被立為南唐太子。六月，李璟去世。七月，太子李從嘉即位，改名李煜，史稱南唐後主。短短幾個月的時間，李煜在心理上還沒有做好準備，便從輕盈飄逸的快樂王子變成了重任在肩的一國之君。

如果把南唐放在中國大歷史的浩瀚星空下，它只是一顆微光閃閃的小星。但在五代十國那個戰亂頻發政權頻更的年代，南唐歷三代君主，治世近四十年，鼎盛時期曾有三十五州之地域，可算十國中的「大國」。但李煜即位時，南唐早已大不如前。李璟在位時，曾多次向鄰國挑釁，結果惹得周世宗幾次親征南唐。為避兵亂，加上內部黨爭激烈，李璟不得已將都城從南京遷到南昌，最後就死在南昌。所以李煜即位時，一個內憂外患的南唐就是他手中的天下。

當然，「挽狂瀾於既倒，扶大廈之將傾」的蓋世梟雄確實存在，可惜不是李煜。李煜是「生於深宮之中，長於婦人之手」的文藝青年，善良多情，猶豫多疑，遇事容易放棄，這些性格上的弱點對任何帝王來說都是致命的。

據記載，南唐林仁肇曾是北宋忌憚的名將，作戰眼光獨到，軍事見解深刻。北宋伐蜀的時候，他看出宋軍戰線綿延，久戰必困，提出帶兵出征攻宋之薄弱地帶，以便收復南唐失地。李煜猶豫不決，林仁肇為了讓李煜放心，安慰他說：「等我起兵的時候，您就對外宣布我是擁兵叛亂。這樣的話，如果成功，國家可以受益；萬一失敗，陛下就滅我九族，以證您的清白。」但是李煜猶豫了很久，怕惹怒宋朝，又怕無功而返徒勞師旅，終究沒有答應。林仁肇空有報國之心，無奈李煜並無強國之志。

不僅如此，耳軟心活的李煜，還中了宋朝的反間計，害林仁肇無辜喪命。事發於南唐使者到宋朝拜，宋太祖趙匡胤讓部下領著使者去參觀形似林仁肇的塑像，說林將軍願意歸順我大宋，用手一指旁邊的宅院，說那個就是未來的林府。這位使者回去後就將此事密報李煜，李煜隨後用毒酒毒死了林仁肇。從此，宋軍再無忌憚。

開寶七年（九七四年），宋太祖發兵征南唐，南唐節節潰退，第二年就滅亡了。李煜在應該相信忠言的時候沒有相信，在不該輕信讒言的時候卻信了。都說漫漫人生路，總要錯兩步，但這樣的戲言對李煜來說實在太殘酷。

櫻桃落盡春歸去，蝶翻金粉雙飛。子規啼月小樓西。玉鉤羅幕，惆悵暮煙垂。
別巷寂寥人散後，望殘煙草低迷。爐香閒嫋鳳凰兒。空持羅帶，回首恨依依。

據《西清詩話》記載，宋太祖兵臨城下，李煜正在寫這首〈臨江仙〉，詞還沒寫完，都城就被攻破。所謂「國破家亡之作」用在這裡實在太貼切了。後來宋太祖嘲笑李煜說：「若以作詞功夫治國家，豈為吾所俘也。」其實，當時國家存亡懸於一線，李煜寫詞未必是在用功，說其鑽研不如說其逃避。他畢生熱愛文藝，除此之外別無所長，在那樣的生死境遇，死又不敢死，活又不知道該如何活，他只好選擇藏在最為熟悉的角落，撫慰自己的不安。

城破時，重臣陳喬曾勸李煜自盡，李煜不肯。陳喬是李璟也非常器重的人才，李璟曾指著陳喬告訴皇子們：「日後國家有難，你們的身家性命都可以託付給他。」李煜做太子，陳喬是他的監國；李煜繼位，陳喬總領全國軍政。宋太祖攻打南唐，李煜讓他去送降表，陳喬不去，說皇上要是怪罪就殺了我吧，李煜不肯。等到宋軍最後攻城時，陳喬勸李煜背水一戰，天下沒有不亡的國家，投降只能自取其辱，李煜又不肯。陳喬無奈，自縊而亡，誓死不降。李煜活下來做了宋朝的俘虜，被封了個帶有些侮辱意味的「違命侯」，從此開始了階下囚的生活。

李煜在短短的人生中共經歷了兩次命運的轉折，一次是繼位，一次是亡國。兩次轉折，將他的人生分成了三段：第一段，他是自由快樂的皇子；第二段，他是面臨內憂外患的皇帝；第三段，他是任人宰割的羔羊。

「國家不幸詩家幸」，「文章憎命達」，這兩句話倒真是李煜一生的寫照。當他還是皇子甚至後來做了皇帝時，他的詞優美飄逸，浪漫華麗，香軟甜膩，「紅日已高三丈透，金爐次第添香獸，紅錦地衣隨步皺。」「畫堂南畔見，一向偎人顫。奴為出來難，教君恣意憐。」從金碧輝煌的宮廷到如花似玉的紅顏，寫得珠光寶氣，生機勃勃。而當李煜成了亡國君階下囚，他的詞風轉為沉鬱哀婉，哽咽悲啼。

多少恨，昨夜夢魂中。還似舊時遊上苑，車如流水馬如龍，花月正春風。

多少淚，斷臉復橫頤。心事莫將和淚說，鳳笙休向淚時吹，腸斷更無疑。（〈望江南〉）

江南的富庶繁華唯有在夢中出現了，醒來後，只剩下縱橫臉頰的淚水，和著悔恨難言的心事獨自吞嚥。從此，亡國之痛，故國之思，成為了李煜寫作和生命的主題，也成就了他「詞帝」的美譽。李煜最為人耳熟能詳的幾首詞全部作於這一時期。

簾外雨潺潺，春意闌珊。羅衾不耐五更寒，夢裡不知身是客，一晌貪歡。

獨自莫憑欄，無限江山，別時容易見時難。流水落花春去也，天上人間。（〈浪淘沙令〉）

綿綿的春雨，五更的寒冷，讓這位昔日的帝王備感淒涼。他在夢中忘記了自己已經變成了「客人」，醒來之後才又重新記起自己俘虜的身分，不禁感嘆只有在夢中才能得片刻的歡愉。下闋寫不要獨自憑欄遠眺，無限江山，卻再也望不到自己的故國了。想到從前的生活和如今的處境，真是天上人間的差別。

亡國後的李煜寫了很多詞，總是繞不開「故國」與「夢境」，如〈相見歡〉「無言獨上西樓」，〈破陣子〉「四十年來家國」等，都是此類的翹楚。當然，這其中最引人關注的還是〈虞美人〉及該詞創作前後的種種傳說。

南唐滅亡後，李煜名義上被封「違命侯」，實際上就是被軟禁的囚犯。淒風苦雨，門可羅雀，很少與外界接觸。有一次終於來了個舊臣徐鉉，李煜一時激動，覺得總算能說說心裡話了，於是拉著徐鉉的手推心置腹，感慨錯殺林仁肇，落得如此下場，撫今追昔，悔恨難平。徐鉉臨走時，李煜還叮囑他有空常來坐坐。

可惜，貳臣終究是貳臣，徐鉉竟然是宋太宗趙光義派來的「臥底」，回去之後把李煜的想法和情況如實上報了。宋太宗頗不高興，認為這李煜整天跟舊臣們訴衷腸，很容易煽動故國人民的愛國情緒，威脅自己的統治。從此心裡存下疙瘩，打算找機會把李煜解決掉。

當然，也有傳說宋太宗最終除掉李煜，主要是看上了李煜的小周后。有說花轎抬走小周后，旬日才返。小周后深愛李煜，所以回來後跟李煜抱頭痛哭。宋太宗為了斷絕小周后的情絲，索性下狠心把李煜給殺了。也有說是因為宋太宗本身喜歡詩詞，但寫得總沒有李煜好，因妒生恨，完全是「文人相輕」。無論什麼原因，人為刀俎，李煜總是免不了一場厄運。

就在徐鉉探視不久後，李煜迎來了自己四十一歲的生日。這一天恰好是浪漫的「七夕」，酒入愁腸，做為詞人的李煜戰勝了曾為皇帝的李煜，推杯換盞中，他幾乎忘了自己的身分和處境，「命故伎作樂」，與她們共訴亡國之痛，並蘸著辛酸血淚寫就了傳唱千古的〈虞美人〉。

春花秋月何時了，往事知多少？小樓昨夜又東風，故國不堪回首月明中。
雕欄玉砌應猶在，只是朱顏改。問君能有幾多愁？恰似一江春水向東流。

宋太宗被李煜懷念故國的情緒激怒，當夜賜下毒酒。相傳毒藥為馬錢子，服後全身抽搐，頭腳蜷縮直至死去，狀極痛苦。李煜死後被宋太宗追封為吳王，但小周后終是不能忘情，悲傷過度，不久便香消玉殞。一首〈虞美人〉成就了李煜的千古盛名，也成了他的奪命詞。

算起來，李煜從亡國到去世不過三四年光景，但這段時間的代表作最多，詞學成就也最高。這些詞都是從尋常情景入手，寫春花秋月，寫落花流水，寫寒風冷雨。自然中最熟悉最平凡的情景，在李煜的筆下，變得別有況味，說不出的濃愁，化不開的憂鬱，道不盡的楚楚動人！

自晚唐五代始，民間詞開始逐漸轉到文人的手中，抒情詞數量隨之大增，但雕琢詞句產生的空浮乏力之氣也越來越明顯，幾乎令「詞」走上末路。直到後主李煜的出現，詞學發展才產生了質的改變。尤其是李煜的後期詞，音調通暢不拗口，語言樸實不弄典，更將自己獨特的人生經歷和感悟融入詞中，開闊了詞的意境，豐富了詞的內容，對後來宋詞的繁榮昌盛貢獻巨大。

除了上述詞史上的特殊地位外，李煜的詞能夠流傳至今的最主要原因是其感情的真摯。無論是亡國前春光爛漫的快樂生活，還是亡國後沉痛哀婉的憑弔歲月，李煜的詞都充滿了誠懇動人的力量。初讀後主的詞，覺得他寫的是自己亡國的痛楚，細讀之下，才覺出有種雋永的美。以〈相見歡〉為例：

林花謝了春紅，太匆匆，無奈朝來寒雨晚來風。
胭脂淚，相留醉，幾時重？自是人生長恨水長東。

李煜這首詞寫的是自己階下囚的生活，寒風冷雨既是對周圍環境的描摹，也是自己苦悶內心的寫照，但似乎又不止於此。對舊時光的留戀與無奈，對青春年華一去不返的感慨，似乎放到任何時空都能引起共鳴。「人生長恨水長東」寫的是自然界的景物，也是人們心底對青春終將逝去的共同慨嘆與傷感。對故國的依戀如此，對遠遊的旅人、分手的愛侶如此，甚至擴大到所有回不去的時光，人們都會產生類似的感觸。

讀同一首詞，卻透過不同時代的眼睛讀出共同的憂傷和不同的滋味，或許這正是李煜詞光耀千古撲面而來卻絲毫不覺其陌生的原因，也是其傳誦至今最深沉的魅力。

名士瀟灑，隱士風流——林逋

在眾多的讚譽中，宋代聖人朱熹給予他的評價最高：「宋亡而此人不亡，乃國朝三百年間第一人！」這個人就是宋初名士林逋。提到林逋，首先想到的就是他那首名垂千古，屢屢被人傳頌的名詩〈山園小梅〉。

眾芳搖落獨暄妍，占盡風情向小園。疏影橫斜水清淺，暗香浮動月黃昏。
霜禽欲下先偷眼，粉蝶如知合斷魂。幸有微吟可相狎，不須檀板共金樽。

在這首詩裡，林逋毫不掩飾自己愛梅喜梅的心理，將百花凋零後，梅花在嚴寒中恣意綻放、風姿動人的狀貌描繪得活靈活現、栩栩如生。與「霜禽偷眼」、「粉蝶斷魂」對比，他抒發著自己通過吟詩來接近梅花的竊喜，頗有男子藉故親近暗戀姑娘並得償所願的意味。當然，林逋對梅花的情誼不止於此，他不但詠梅、讚梅、愛梅，還敢於藐視常理違反常規，娶梅為妻，足見其迷戀梅花的程度已達常人難以理解的地步。這也是林逋一生最為人稱怪的地方：梅妻鶴子。林逋一生未婚無子，植梅以為妻，養鶴以為子，與心愛的山園小梅共同度過了隱居歲月。

說到隱居，也是林逋一大奇事。古代文人其實一直有隱居的傳統，但多是以隱居為手段，以做官為目的。他們胸藏萬物，袖納乾坤，目光高遠，襟懷偉業，隱居只是為了低調地賺名氣，攢人品，湊「粉絲」數，靜待明君聖主的出現。常常是隱居沒多久就被推薦出山，甫一入仕，便平步青雲。但林逋隱居卻大不同。他以隱居為起點，也以隱居為終點，隱居是他生活的方式，也是他生活的目的。他不但拒不出仕，甚至連城門都不進，就躲在西湖邊的孤山上過自己的瀟灑日子。

正因如此，林逋詩詞中的山、花、梅、草，才有了不同以往的別樣趣味。古人詠春詠草多為託物言志，或以香草美人比喻君臣關係，或述懷明志表達自己高潔志趣，或哀傷怨嘆感慨自己生不逢時，總之是寄情君主隆恩，牽掛社稷興亡，很難有純粹的詠物之作。而林逋的隱士身分，令他填詞時沒什麼政治寄託，所以他的詞才顯得更加純粹。

金谷年年，亂生春色誰為主？餘花落處，滿地和煙雨。
又是離歌，一闋長亭暮。王孫去，萋萋無數，南北東西路。

這首〈點絳唇〉，從殘破舊園入手，以「亂生春色」為該詞定下基調，著筆迷離煙雨，遍地殘花，勾勒出一幅淒涼的畫面。下闋開始便點明情之所繫是為離愁。長亭是古人出行的驛站，「何處是歸程？長亭連短亭。」既是送別親友的無奈之地，也是翹首期盼他們歸來之所。「王孫」在詩詞裡常用來借比遠行的人，舉目遠眺，荒煙蔓草，天涯路遠。

芳草喻離愁，是古典文學的傳統意象，「青青河畔草，綿綿思遠道」，「又送王孫去，萋萋滿別情」。人們用無處不生的春草，比喻自己無處不在的深情。年年生春草，南北東西路，處處凝結著真摯的感情，可謂輕柔婉麗，意韻纏綿。

這首〈點絳唇〉最值得稱道的是，從荒蕪的殘園、雜亂的春色、遍地的落花，到日暮的長亭、濛濛的細雨，林逋將這些景色與離愁渾然融為一體，全詞不著半個「愁」字，甚至連「草」字都沒有，卻將這種萋萋別情寫得淋漓盡致，實為詠物詞中的佳作。已故學者王國維讚其可與梅堯臣的〈蘇幕遮〉和歐陽修的〈少年遊〉並稱為「詠春草三絕調」。

文學創作之外，林逋的隱居生活並不乏味，與宋初文人們接觸頗多。彼時江山初定，一派勃勃生機；宋代皇帝對文人的政策又格外寬厚，正是有志青年摩拳擦掌、一展宏圖的大好時機。林逋雖退隱山林，但威望不減，三兩舊友也常圍爐夜話。烹茶煮酒，吟詩作對，文章天下，皆可佐為話題。名士梅堯臣、名臣范仲淹，都是林逋的座上客。可見，林逋不在江湖，但江湖事盡在林逋指掌中。歷來隱居者，或因官運不暢，或因避禍不出，或為謀求未來之仕途，故內心多有不甘、不安、不暢，而林逋從無上述問題，所以隱得怡然自得，瀟灑自在，幾乎可推為史上最善始善終的隱士。

不過，由於林逋不入仕不進城且不娶妻，所以有人揣測他可能是心有所屬未能如願，才選擇獨居山野與動植物相伴。印證此觀點的便是林逋的另一首詞作〈長相思〉：

吳山青，越山青。兩岸青山相送迎，誰知離別情？

君淚盈，妾淚盈。羅帶同心結未成，江頭潮已平。

吳、越乃春秋時古國，在今江浙一帶，自古山明水秀，風光無限。林逋的這首〈長相思〉正是由此起筆。上闋寫景，著筆在山色，「吳山青，越山青」既寫出了翠色山巒的美景，也體現出江南民歌復沓[1]式的語言形式，可謂一舉兩得。第三句看似寫景，但「送迎」二字已帶出分別的意味，引出最後一句的「離情」。下闋寫情，從分別時「君淚盈，妾淚盈」寫起，承接了上闋末尾的離情，兩個人同心結還沒有打完，船兒就要起航去遠方了。從淚水到江水，又將筆墨拉回到上闋的山水之間。

該詞上闋寫景，景中生情；下闋寫情，情寓於景。全詞上下貫通，情景交融，意境圓潤，確為閨情詞佳作。至於林逋是否因為「羅帶同心結未成」而怨念叢生，從此對愛情心灰意冷，甚至因此終生不娶，倒是沒有確鑿的說法。不過一直以來，林逋都是以不食人間煙火的隱士形象出現，而這首〈長相思〉卻如憂傷淡雅的清風，為林逋的瀟灑中增添了幾絲無名的惆悵，也讓林逋的形象在時人和後人的眼中變得生動飽滿起來。

林逋一生存詞三首，最著名的兩首，一是詠物絕唱〈點絳唇〉，一是閨情上品〈長相思〉，都是宋詞中不可多得的佳作，但林逋的貢獻不止於此。

做為隱士兼名士的林逋，從內在精神氣質到外在生活方式，都流露出一種自覺的追求，為宋代詞人多樣化的生活與發展提供了良好的範本。同時，他的〈長相思〉一改唐五代時期濃豔香軟的抒情詞風，語言清新洗練，淡雅流暢，擴寬了宋詞的風格，為宋詞的最終繁榮貢獻了最初的綿力。因此，每談宋詞，始終越他不過。

---

1 復沓：又叫「復唱」，句子和句子之間只更換少數的詞語，是詩歌或散文創作中常用的一種表現手法。

浪跡雲水老神仙——張伯端

「八仙過海」雖是傳說，但「各顯其能」倒是事實。漢鍾離、呂洞賓等人傳下來的道教，到了兩宋時期得到了長足的發展。最著名的便是其第四代裡的重要傳人張伯端。張伯端生於公元九八四年，北宋人，字平叔，號紫陽，人稱「紫陽真人」。另因著有《悟真篇》，所以也被稱為「悟真先生」。

這位張真人自幼聰敏，飽讀詩書，博學多才。他知天文曉地理，占生死卜吉凶，通書算懂刑律，精醫道熟兵法，對儒釋道三教的經書更是爛熟於心。用現代術語來說，張伯端屬於跨領域跨行業的高級複合型人才！但不知什麼原因，上天總喜歡開玩笑，這種才華橫溢的人常常無法對付應試教育，在科舉考試中頻頻戰敗。可憐張伯端滿腹才華，大把青春，多年來卻只能在衙門裡從事「師爺」的工作，扮演的始終是刀筆小吏的角色，實在令人惋惜。

好在張伯端本人倒不以為意，他很早就明確了尋仙訪道的人生目標，所以平淡的生活也顯得沒那麼乏味了。而真正促使張伯端放下塵事潛心道學的卻是一樁小小的冤案。

《臨海縣誌》裡曾記載這樣一個故事。張伯端非常喜歡吃魚，某次在官邸辦事，家裡差人給他送飯，朋友們知道他嗜魚如命，所以就把魚藏起來逗他。他找不到魚便懷疑是丫鬟偷吃了，回到家後重重責罰了送飯的丫鬟。丫鬟百口莫辯，含恨自盡。事情過去很久後的一天，他突然發現房梁上有蛆蟲不斷掉下來，仔細查看後，才發現是從梁上的爛魚裡掉下來的。他登時醒悟，原來那天朋友們將魚藏在房梁上戲弄他，而自己竟然動怒冤枉了丫鬟，害她羞愧而死。張伯端不禁感慨，「積牘盈箱，其中類竊魚事不知凡幾。」這種日常小事都能隱含巨大冤情，更何況府衙內無數的卷宗裡，不知道還壓著多少的冤案！想到這裡，張伯端對職業的合理性產生了深深的質疑。對此，他還寫了一首詩反思自己的從業生涯：

刀筆隨身四十年，是非非是萬千千。一家溫飽千家怨，半世功名百世衍。
紫綬金章今已矣，芒鞋竹杖經悠然。有人問我蓬萊路，雲在青山月在天。

張伯端總結自己的前半生，刀筆隨身，是非萬千，如今參透了這其中的得失，願意放下一切，芒鞋竹杖到處悠遊。雲在青山月在天，從此去過自然、自由、自在的生活了。但是賦詩明志，似乎還不足以表達張伯端決定離開官場的決心。所以，他不但寫了這首詩，還放了一把火，將所屬案卷焚燒殆盡。

在宋代，焚毀文書屬於違法行為，你覺得冤案很多主動辭職也就罷了，你不能把卷宗燒了搞得別人也無法辦公啊，所以這場「離職縱火案」實在有些莫名其妙。不過宋代對讀書人一向比較優待，所以只判張伯端發配邊疆。張伯端倒是因禍得福，從此擺脫了官場的束縛，開始了自己全新的雲遊四海生活！

西元一〇六九年，張伯端遇到了一位世外高人劉海蟾。劉海蟾其人甚異，據說有神通，能夏天穿棉衣不覺熱，冬天穿單衣不覺寒，相當於一部「純天然零汙染全自動人體空調機」。這位劉海蟾很喜歡張伯端，於是將自己的畢生絕學「金液還丹」傳給了徒弟，從此，張伯端就從道學轉為禪學，在尋仙訪道上火速晉級。

通常情況下，道教遵循的是「道生一，一生二，二生三，三生萬物」的順序，但張伯端卻主張「教雖分三，道乃歸一」。他認為修行者應將「道教修命」與「佛教修性」結合在一起，從而達到通達徹悟的圓潤境地，並最終實現「三教歸一」。當然，張伯端從來都不是只做空想的理論家，而是富有行動力的實幹家。他知道卷宗裡必然埋著冤案就上演了火燒府衙的大戲，現在既然知道了「性命雙修」，那就必須修出個所以然來。

據說，張伯端的道友中有位高僧，也是個奇才，打坐入定的時候能夠靈魂出竅，方圓幾十里隨便神遊。用現下流行的觀點看，等於說肉體還在這個時空，但靈魂已經穿越到別處。張伯端自從得了劉師父的真傳後，一直在研習「性命雙修」，碰到了這樣厲害的道友，自然想切磋一下，於是相約一起去揚州賞花，並以「折枝」作為憑證。是日，二人依約打坐入定，先後神遊到了揚州。不久，又先後穿越回來，慢慢睜開眼睛，欠身而起。張伯端從袖子裡拿出剛剛從揚州折下的那枝瓊花，和尚一摸袖子，空空如也，神遊時折下的枝條竟然沒能帶回來。如此一來，自然是高下立見。

「神遊」一事本就神祕莫測，被張伯端這麼一去一回，倒是變得可信多了。弟子們非常熱心，請教張伯端為什麼和尚拿不出憑證。張伯端說，平常的修行都是只修性，練的是氣法，屬於「陰神」。而「性命雙修」的妙處是「散則成氣，聚則成形」，修的是「陽神」。陽神能夠移動物體，所以張伯端能把花枝折下來還能帶回來。這理論看起來也算簡單，真去修煉卻並不容易，既要講根底，也要講機緣，恐怕不是普通人所能領悟。

張伯端悟道後，寫下了很多煉丹採藥、修道悟法的著作，如《悟真篇》、《悟真篇外集》、《金丹四百字》等書，都為後世道友提供了豐富的材料。除上述學習資料外，張伯端還經常利用業餘時間進行文學創作。《全宋詞》裡現共收錄張伯端兩組〈西江月〉詞，一組十三首，講的是道教修煉；另一組十二首，談的是佛教修為。現各錄其一：

丹是色身至寶，煉成變化無窮。更於性上究真宗，決了死生妙用。
不待他身後世，現前獲福神通。自從龍虎著斯功，爾後誰能繼踵。（〈西江月〉十三首之十三）

法法法元無法，空空空亦非空。靜喧語默本來同，夢裡何曾說夢。
有用用中無用，無功功裡施功。還如果熟自然紅，莫問如何修種。（〈西江月〉十二首之四）

第一首詞裡，張伯端講的是道家的修煉生活，尤其展示了服下金丹身心變幻莫測且獲得各種神通後飄然若仙的感覺。第二首詞裡，張伯端談論的是高深的佛理。靜默喧囂在他看來都是一樣的，於有用處見無用，於無功裡施功。說到如何修種自己的慧根，只有一句「果熟自然紅」。如果說修道時的張伯端只是仙風道骨的道長，那麼到了修佛時的張伯端，儼然已是端坐雲霄的佛道大師了。世間法，人間夢，俗塵事，像果子熟透了就會變紅一樣自然，「修佛」也是水到渠成的事。

徹悟後的張伯端內心更加澄澈，他遊歷山川，尋仙會友，過著瀟灑自在的生活。據《歷代神仙譜》記載，晚年的張伯端浪跡雲水，遍歷四方，訪求大道，已然超脫世俗的羈絆。

西元一〇八二年，近百歲的張伯端結束了自己的住世生活，趺坐而化，駕鶴仙逝。臨終留偈：

四大欲散，浮雲已空。一靈妙有，法界圓通。

從最後的文字看，此時的張伯端已然「佛道雙成」，達到了他所希望的「三教歸一」，通達圓融的境界。相傳，他圓寂火化後，弟子在其遺骨中，拾到上千顆舍利子，大如芡實，色皆紺碧，世所罕見。

做為道學家，他外煉丹藥內修心法，終於在死後「位列仙班」。做為佛學家，他了生死出輪迴，住世百年且留下近千顆舍利子，可謂功德圓滿。張伯端一生修道學，悟佛理，皆有所成，畢生心血總算沒有白費！

更為有趣的是，據說張伯端故去幾百年後竟然還在「救人」。此人於病重時夢到張伯端來為自己治病，第二天醒來後，發現病症已然去了大半。為表達感激之情，他特地跑到白雲觀去祭拜紫陽真人。這位患者不是尋常百姓，而是大名鼎鼎的清代雍正皇帝。連雍正都認為張真人妙手回春手到病除，甚至連做夢都能治病，那百姓們更是趨之若鶩，紛紛效仿。

時至今日，北京白雲觀的香客依然絡繹不絕，足見此事影響深遠！

全能才子，問題皇帝——趙佶

據說宋神宗生前觀賞南唐後主的畫像時，曾再三讚嘆李煜的清俊儒雅，欣賞他的才華過人。結果有天夜裡，他竟然真的夢到李後主來拜訪自己。不久後，他的兒子趙佶便誕生了，詩文畫兼通，頗有後主遺風。

在現代科學無法抵達的時代，「做夢」這種事顯然是非常神祕的。周文王姬昌求才若渴時，忽然夢到飛熊撲來，驚醒後知是吉卦，於是遍訪賢良，果然在次日出遊時遇到渭水河畔的姜子牙，封侯拜相，成就一番偉業。更有趙明誠做夢娶媳婦，夢到「詞女之夫」四個字，後來真的娶了女詞人李清照。各種證據顯示，趙佶小朋友的「應夢而生」必然別具意味。其一，李煜文采風流，貴為真命天子；其二，李煜昏庸無能，導致國破家亡。而在這兩方面，趙佶似乎都有不錯的繼承。

趙佶本是宋神宗之子、宋哲宗之弟。他天資聰慧，通曉詩畫，是難得的藝術通才。

做為快樂的皇子、優雅的皇弟，他將自己的時間和精力充分用在了繁榮業餘愛好上，比如詩畫，比如美女，比如蹴鞠。如果他能這樣瀟灑地生活下去，肯定會成為永垂不朽的藝術家。但歷史的轉捩點意外出現，宋哲宗患病駕崩，身後沒留下任何子嗣，選拔繼承人的問題成為國家面臨的最嚴峻考驗。

此時，朝野的分歧很大。一方面，太后向氏推舉趙佶當皇帝。向太后並不是趙佶的生母，但趙佶自幼孝順聰明，每天都按時給太后請安，所以向太后心裡非常中意趙佶。但另一方面，也有群臣進言，說趙佶為人「輕佻，不可以君天下」。可見趙佶小小年紀就在人民群眾心目中留下了惡劣的印象。但向太后力排眾議，最後還是選定了趙佶。

西元一一〇〇年，趙佶即皇帝位，史稱宋徽宗。宋徽宗是史上罕見的藝術天才，「能書擅畫，名重當朝」。他擅長書法，開創了獨具特色的「瘦金體」，修長挺拔，俊美犀利，堪稱中國書法史上的絕唱，至今無人能出其右；他愛好繪畫，創作了大量的書畫精品，如《池塘晚秋圖》、《竹禽圖》等。而《芙蓉錦雞圖》、《臘梅山禽圖》等御題畫更是難得一見的傳世珍品。

他還創辦畫院，親自指導工作，一時興起會以古詩文命題，讓大家即興創作。

相傳，某次宋徽宗蒞臨畫院視察工作，發現一幅《斜枝月季花》畫得十分精巧，於是重賞畫作者。眾人看後莫名其妙，不知道該畫好在哪裡。於是，宋徽宗解釋說，月季花隨著一年四季和每日早晚的時間不同，花葉花瓣花蕊呈現出的顏色和形狀便不同。這位畫家將春天、中午、怒放的月季花畫得紋絲不差，故嘉獎之。眾人聽後無不嘆服。學界始終認為「北宋繪畫乃中國最完美的繪畫」，應與宋徽宗的大力宣導是分不開的。

中國十大名畫之一的《清明上河圖》也是在此時完成。張擇端完成了這幅歌頌太平盛世的巨作後，首先呈給了宋徽宗。一方面，這是歌功頌德諂媚皇上的最佳時機；另一方面，宋徽宗是行家裡手，他的讚賞無疑是對繪畫者最大的肯定。果然，宋徽宗接到畫作後非常高興，在上面題了「清明上河圖」五個字，成為該畫的第一位收藏者。而中國十大名畫之一的《千里江山圖》更是王希孟受到宋徽宗的指導才順利完成，蔡京對此曾有過詳細的描述。

藝術水準的高低可謂是衡量國家富強的重要指針，只有衣食無憂的情況下，統治階級才有理由宣導繁榮藝術，而普通民眾也才有能力紛紛回應，創作更多的藝術作品。民不聊生餓殍遍地的時候，人們生活尚且困難，誰會有閒情逸致搞創作呢！

宋徽宗即位的時候，北宋剛剛經歷了近一個半世紀的長足發展，基本上已經走到了光輝燦爛的頂點。翻開宋代孟元老的著作《東京夢華錄》，依然能夠感受到北宋末年的繁榮昌盛。但頂點意味著繁華，也暗示著衰落。當年《紅樓夢》中寧榮二府未及抄家已經只剩一副空架子，也是同理。從宋仁宗到宋神宗甚至宋徽宗，都曾渴望一振國威，但最後由於時代和自身的限制，往往改革失敗。史學家陳寅恪評價說：「宋朝的皇帝太荒唐。除太祖太宗算是開國皇帝比較聖明外，其他的似乎一開始都想振作朝綱，但幹著幹著便走樣了。」

尤其是到了宋徽宗這裡，他耽於琴棋書畫，又熱衷蹴鞠，破格提拔足球明星高俅，一路委以要職。又傳說竟然從宮裡修了條地道通往妓院，以便與妓女私會，其荒唐程度備受指摘，被差評為具備了史上所有昏君缺點的皇帝。元朝宰相脫脫撰《宋史》中的徽宗本紀後，擲筆而嘆：「宋徽宗諸事皆能，獨不能為君耳！」其荒淫腐化終致北宋內憂外患，國內外矛盾集中爆發。

其實，自趙匡胤開國後，宋朝在軍事上從沒有真正強大過。一方面，宋朝重文輕武，經濟富足的前提下，願意對周邊政權納稅稱臣，用經濟利益換政治和平，這基本符合中國古代的軍事思想：不戰而屈敵。另一方面，先是遼後是金接著是元，這些剽悍的民族擅騎射尚武力，希望通過攻城掠地來擴大自己的版圖。所以，不論北宋如何屈己從人，金朝的鐵蹄終將如期而至，踩碎北宋柔弱的抵抗。

野蠻是野蠻者的通行證，文明是文明者的墓誌銘。

西元一一二五年，金聯合北宋滅遼，隨即開始攻打北宋。西元一一二六年，金軍長驅直入攻進汴京，宋徽宗慌忙中傳位與兒子，趙桓臨危受命，繼位登基，史稱宋欽宗。彼時，宋徽宗其實已經從汴京逃跑了。宋朝疆域雖沒有大唐遼闊，畢竟還有半壁江山可以周旋，所以宋徽宗打算南逃。但是，身旁一眾愛卿紛紛勸阻，估計也是「御駕親征以壯軍威」等老調重彈，不料竟真的把宋徽宗勸回來了。可惜，沒得到什麼扭轉全域的勝利，卻換來了被俘北上的命運。連同他一起被掠走的還有他的兒子宋欽宗，及後妃皇族等數千人。

西元一一二七年，北宋滅亡，史稱「靖康之難」。據《開封府狀》統計，靖康之難時，徽宗有封號的妃嬪及女官共一百四十三人，無封號的宮女多達五百零四人。金人攻陷汴京後，掠走妃嬪，搶奪珠寶，宋徽宗都不動聲色。等到金人焚燒劫掠他的書畫後，他卻感傷哀嘆，所以有人說藝術的瑰寶在他心中實在比江山美人還重要。當囚車滾滾、鐵鍊鋃鐺時，他才真正明白「階下囚」這三個字到底意味著什麼。

據說在押解的途中，宋徽宗含淚寫下這首〈眼兒媚〉：

玉京曾憶昔繁華，萬里帝王家。瓊林玉殿，朝喧弦管，暮列笙琶。
花城人去今蕭索，春夢繞胡沙。家山何處，忍聽羌笛，吹徹梅花。

詞的上闋回憶汴京繁華，瓊樓玉宇，朝朝暮暮，歌舞昇平。下闋轉入殘酷的現實，再美的汴京以後也只能夢中相見了。邊關羌笛陣陣，吹得心生寒意，從此不知江山何處，家鄉何方。想起大宋一個半世紀的風光與繁華，不覺悲從中來，無處斷絕。據說同行被俘的宋欽宗曾和詩一首，吟罷，父子二人抱頭痛哭。

當年，宋徽宗誕生前，父親神宗曾夢見南唐後主造訪，生下徽宗後，發現其詩詞書畫無一不能，才華橫溢絲毫不輸李煜，而且發展更全面。可惜造化弄人，宋徽宗被俘後的命運比李煜還要淒慘。他的眾多妃嬪和女兒都被金人掠去，輾轉流離，慘遭蹂躪，甚至幾經買賣，多數死在北寒苦地，不得善終。

在被俘囚禁的最後歲月裡，宋徽宗寫了很多代表作，除了〈眼兒媚〉外，最著名的就數那首〈燕山亭〉。

裁剪冰綃，輕疊數重，淡著胭脂勻注。新樣靚妝，豔溢香融，羞殺蕊珠宮女。易得凋零，更多少無情風雨。愁苦。問院落淒涼，幾番春暮。

憑寄離恨重重，這雙燕，何曾會人言語。天遙地遠，萬水千山，知他故宮何處。怎不思量，除夢裡有時曾去。無據。和夢也新來不做。

這首詞被王國維看作是一封含淚的「血書」。詞從期望到失望，進而轉到絕望，最後回歸中原的夢想破滅後，哀痛至絕，肝腸寸斷。中原的氣象，汴京的繁榮，江南的秀美，臨安的旖旎，他都回不去了。宋徽宗一直期待兒子宋高宗能夠來解救自己，用兵強馬壯來戰，用真金白銀來贖，但直到他去世，這一願望也沒有達成。

相傳，宋徽宗寫完這首詞後不久便離世了，帶著對這世界的愛與恨，死在了白雪覆蓋的黑土地上。他的遺骸在幾年之後才跟隨嬪妃韋氏（高宗母親）回到了江南。

故土依舊，山河依舊，原來歷史只是結束了他一個人的鬧劇。

江湖英雄事，風月兒女情——宋江

宋江宋公明是北宋末年的刀筆小吏，「體制內小公務員」，因罪獲刑，被開除出「革命」隊伍。他賊心不死，逃到水泊梁山後，領導當地「社團」展開了聲勢浩大的起義活動，成為北宋末年最引人注目且不可忽視的「革命」力量。他本人深受廣大人民群眾的擁戴，被寫進歷史，成為名著《水滸傳》中最受爭議的人物。

宋江其人在當時有三個綽號：黑宋江、及時雨、孝義三郎。這三個綽號既概括了宋江的性格與外貌，也勾勒出宋江跌宕起伏的人生運勢。第一，宋江身形矮胖，沒有吳用儒雅，不如林沖挺拔，好在長得還算結實敦厚，黑黝黝的皮膚看上去非常健康。俗話說「人不可貌相，海水不可斗量」，這宋江雖然又矮又矬，卻不窮。先不說他後來經營「梁山」產業創造的品牌價值和市場利潤，單是之前對江湖人士的公益性資助就能看出其家底豐厚。

第二，宋江當年做官是押司[2]，官階不大，俸祿不多，換成現在大概就是鄉鎮單位裡的祕書或辦事員，相當於享受副科長待遇但沒實權的小公務員。但宋江的老爸宋太公和哥哥宋清一直在家務農，規模很大，算是實力雄厚的「農民企業家」，所以不時資助宋江。宋江本人比較好客，喜歡結交各路朋友，而且很講義氣，無論誰遇到困難，他都願意江湖救急送些銀兩，經常仗義疏財，扶危濟困。久而久之，「及時雨宋江」便聲名遠揚了。他雖人不在江湖，但江湖上從不缺少他的傳說。那個時代的人簡單直接，那個時代的人表達感情也是簡單直接，熱烈奔放。江湖兒女都是些一腔熱血隨時可以為你肝腦塗地的人，宋江平時積累了大量的人脈資源，碰到選舉接班人這樣的關鍵時刻，便不用在民意上扯皮了，晁蓋死後直接被推為「帶頭大哥」。

第三也是最重要的一點，宋江身上背負著傳統文化中最為人賞識的特徵：忠孝。雖然古人所謂的「忠孝」多被現代人看成「愚忠愚孝」，但在綱常倫理比較結實的古代社會，忠孝仁義都被看作是最樸素的階級感情。後來宋江「越獄」成功逃亡鄉外時，他老爸竟然裝病騙他回來，他為人極其孝順所以祕密返回，結果不幸被捕。及至後來，宋江接替晁蓋治理梁山，便將「聚義廳」改為「忠義堂」，其「忠孝」思想的根深蒂固更加顯而易見。正因如此，宋江在造反伊始就帶著革命的不徹底性。

宋江落網後被判刺配[3]江州，雖心有不服卻不敢公然反抗。途經潯陽樓，恰逢醉酒，各種情緒湧上心頭，於是大筆一揮，寫下一首詞：

自幼曾攻經史，長成亦有權謀。恰如猛虎臥荒丘，潛伏爪牙忍受。
不幸刺文雙頰，那堪配在江州。他年若得報冤仇，血染潯陽江口。（〈西江月〉）

宋江感嘆自幼攻讀經史，長大精通權謀，那些為官之道，自己也非常明白。如猛虎臥在荒丘，蓄勢待發，遇有風吹草動，只須潛心忍受。現在不幸被臉頰刺字發配到江州，心中積鬱，他年如果我有機會向老天討回公道，我必然要血洗潯陽江口。

寫完之後，他覺得心裡暢快了許多，但似乎還不夠淋漓盡致，於是追加了一首詩：

2 押司：宋代衙門中辦理文書和獄訟的役吏。
3 刺配：古代在罪犯臉上刺字，並送往遠方充軍。

心在山東身在吳，飄蓬江海謾嗟吁。他時若遂凌雲志，敢笑黃巢不丈夫。（〈潯陽樓〉）

大意是我宋江今天雖然人在江州，但心在山東。山東哪裡呢？雖然沒有點明，但意思非常明顯，在梁山。那麼落到今天這步田地，真是五味雜陳，感慨萬千啊。早知今日何必當初，要是知道會落到如此境遇，不如當時就造反直接上梁山了。日後我若能實現自己的凌雲壯志，到時連黃巢我都不放在眼裡。言外之意，黃巢也不如我宋江。黃巢是唐末農民起義軍的首領，黃巢軍隊是壓倒唐朝的最後一股雄壯的軍事力量。宋江以此人自比，從朝廷的角度講，自然是造反的意思。於是，宋江直接加刑，被判處死刑。但那些曾經被「及時雨」滋潤過的好漢們自然不能坐視不理，於是他們組團劫法場，把宋江救上梁山，宋江從此落草為寇。

北宋末年，社會矛盾層出不窮。由於宋太祖趙匡胤開國後始終奉行「攘外必先安內」的政策，導致北宋政權、兵權和財權高度集中，土地兼併的情況非常嚴重。加上北宋對外一直屈辱求和，對內管理卻越來越嚴格，人們生活水準不斷下降，民怨鼎沸，宋江就是在此時起義的。

起初，宋江等三十六人以「替天行道」為起義宗旨和辦事方針，專門劫富濟貧，殺貪官斬汙吏，堅決與社會不良現象做英勇鬥爭。宋徽宗也曾派人「圍剿」過這夥流竄分子，但由於宋朝軍隊多處於「養兵千日」階段，缺乏實戰練習，所以「用兵一時」之際顯然敵不過這些身強體壯的梁山好漢。幾次「圍剿」失敗後，宋江等人的名氣愈加響亮，隊伍擴展神速。

朝廷一看，這強攻恐怕是不能獲勝了，不如智取吧。《東都事略》中提到官員侯蒙曾上書皇帝建議利用宋江來平息明教領袖方臘的叛亂。於是，宋江很快收到政府高層放出的風聲，說國家有意招安宋江這支隊伍，如果他們能戴罪立功，幫助國家平定各方叛亂，就能轉成正規編制的公務員。別看宋江自己誇口說對為官的那些權謀也是很精通的，但放到真正殘酷的權力鬥爭中，他這個只當過小押司的人還真是不太瞭解政治的大風浪。朝廷一說招安，他就有些心動了。

宋江「孝義三郎」的這個綽號可不是沒來由的，他自始至終都是傳統社會「愚忠愚孝」的典型。當年刺配江州，雖然在喝多了的時候斗膽寫了幾句「反詩」，但骨子裡始終是非常保守的。一直以來，在思想深處，宋江其實並不認同梁山好漢們的打打殺殺，他覺得這樣的生活不是長久之計。做為梁山「一把手」，他認為自己應該帶領大家奔向美麗新世界。而在他有限的人生觀裡，被國家招安，進入體制內就等於端起了「鐵飯碗」，兄弟們從此就能衣食無憂，不用再打家劫舍了，這是多麼美滿的結局啊！於是，宋江迅速統一思想，決定投靠朝廷。

被招降後，宋江帶領江湖好漢們各處征戰，屢戰屢勝，戰功卓越。可惜後來征方臘的時候損兵折將，梁山軍元氣大傷，到最後只剩下寥寥數人。朝廷一看宋江已經不中用了，於是過河拆橋，賜了杯毒酒把宋江給毒死了。

最可氣的是，宋江自知命不久矣，還故意把毒酒給好兄弟李逵喝了一半，說是怕自己死了之後李逵脾氣差為他造反，毀了他宋江一世的「忠義」。可見，宋江的愚昧已經到了獨步天下、深入骨髓、令人髮指的程度。也正是因為他個人性格的缺陷，一場轟轟烈烈的農民起義就這樣風流雲散了。

值得一提的是，雖然宋江的革命史顯得有些窩囊，但宋江的獵豔史較之同代男人卻毫不遜色。宋江寵愛的女人正是鼎鼎大名的李師師。想當年宋江占山為王，跟著江湖豪俠們大塊吃肉大碗喝酒大分官銀，那也是相當瀟灑的生活。雖然不如皇宮生活那麼精緻，但山寨裡的一呼百應也頗有些「皇帝」的氣派，豪言壯語更是噴薄而出。

天南地北。問乾坤何處，可容狂客。借得山東煙水寨，來買鳳城春色。翠袖圍香，絳綃籠雪，一笑千金值。神仙體態，薄倖如何消得？

想蘆葉灘頭，蓼花汀畔，皓月空凝碧。六六雁行連八九，只待金雞消息。義膽包天，忠肝蓋地，四海無人識。閒愁萬種，醉鄉一夜頭白。（〈念奴嬌〉）

這首詞是宋江寫給李師師的。上闋有對生活的把握，買鳳城春色，看美人淺笑，千金也值得。像李師師這般神仙似的女子，普通人如何消受得起？從中可以看到宋江當時滿滿的自信。但下闋卻轉為對命運的無奈和彷徨。自己以「忠義」著稱，義膽包天，忠肝蓋地，可惜四海之內無人賞識。宋江說的賞識不是梁山兄弟們的認可，而是國家最高權力機關的認證，是皇帝對自己的肯定。平心而論，他最在乎的還是「編制」問題。愁緒萬千，不知如何排遣，乾脆喝醉了才不會胡思亂想。

在夢裡，他應該也做過加官晉爵封妻蔭子的美夢吧！也難怪，千古江山，萬種閒愁，每個英雄美人的故事走到最後，都不過是人生的一場黃粱夢，歷史的一幕悲喜劇。

第二章

詩如淑女，詞如閨秀

綿綿離蜀道，聲聲聞杜鵑——花蕊夫人

人類這一物種的血液裡，始終流淌著喜歡講故事和聽故事的基因。這點上，即便是名人也不能免俗。據說蘇軾小時候就非常喜歡聽故事，某晚，一朱氏老尼抱著蘇軾給他講後蜀的生活，宮廷裡富貴奢華，碧玉闌干，沉香珠寶，輕紗曼妙，仙樂連綿，皇帝和貴妃琴瑟和鳴，幸福快活……

彼時，後蜀亡國已久，前朝伶俐的宮女如今已成垂老的女尼，免不了在敘述中加些縹緲的追思和想像，一方面是緬懷舊主故國，另一方面也是追憶經風雨長見識的無悔青春。小蘇軾被這故事深深打動，將一粒愛的種子悄悄埋在心裡。多年後，他奉上自己的名作〈洞仙歌〉，讓更多人有機會透過他的筆觸，瞭解到那位絕色佳人的深宮歲月。

冰肌玉骨，自清涼無汗。水殿風來暗香滿。繡簾開，一點明月窺人，人未寢，欹枕

釵橫鬢亂。

起來攜素手，庭戶無聲，時見疏星渡河漢。試問夜如何？夜已三更，金波淡，玉繩低轉。但屈指，西風幾時來，又不道，流年暗中偷換。

該詞從女子冰肌玉骨的美貌開始寫起，夜色溫軟，清風襲來，簾內暗香浮動。美人未寢，釵橫鬢亂，信步到庭中納涼賞月。靜寂長夜，流年暗中偷換，在夢一樣朦朧的時空下，透著些流年的荒涼和對永恆世界的探求。

詞作中的美人是後蜀貴妃，她天生麗質，雅豔脫俗，有「花不足以擬其色，蕊差堪以狀其容」的姿容，貌奪花色，人稱「花蕊夫人」。後蜀國君孟昶當年迷戀她的美貌，也曾寫詩讚譽花蕊，蘇詞便是脫胎於此。但相較來說，蘇詞比原詩更玲瓏雅致，飄逸錯落，所以流傳也更廣。

做為後蜀國君，孟昶基本上具有一切亡國之君的共同點：貪圖享樂，縱情女色。也有人說孟昶其實剛即位的時候曾勵精圖治，重農桑興水利，並不是什麼昏君。可惜，傳下來的歷史段子卻屢屢為孟昶抹黑。

相傳，趙匡胤帶兵滅後蜀時，士兵們奉旨去宮裡「盤庫」，發現一件寶物，趕緊呈給趙匡胤。這物件鑲金嵌玉，異常華美，上面的寶石不時放射出耀眼的光芒，晃得人幾乎無法直視。不想，趙匡胤非但不喜歡，還一氣之下抬手把它砸了個粉碎，並怒斥「奢靡至此，安得不亡！」原來，這件高端大氣的奢侈品正是日常生活必備的溺器，俗稱「夜壺」。趙匡胤是軍旅世家苦出身，所以階級意識比較強，鬥爭精神比較徹底。他一輩子生活儉樸，做了皇帝也從不奢靡浪費，眼見孟昶的夜壺裝飾得如此華麗，比自己的飯碗還精貴，所以盛怒之下將夜壺砸碎了！

直砸得瑪瑙琉璃俯拾皆是，砸得花蕊夫人心痛不已。做為知識女性，花蕊夫人深具憂患意識。她曾多次進言，勸孟昶勤於朝政，但孟昶常以蜀國地勢險要、易守難攻、無須多慮等理由搪塞。結果不幸被花蕊言中，蜀國最終遭到滅國之災。好在孟昶心態不錯，對亡國一事較能看得開，降宋後還得到了宋太祖趙匡胤的賞識，於是偕母親李夫人和愛妻花蕊進宮謝恩。宋太祖自然也熱情款待，雙方進行了良好的交流與磋商，宴會氣氛融洽和諧。唯一不和諧的，就是「冰肌玉骨」的花蕊夫人。

宋太祖見花蕊夫人明豔絕倫很是動人，又久聞其才學過人，所以非常賞識，主動聯絡感情，請她當場作詩。按理說，深宮婦人寫的多是鶯鶯燕燕、你儂我儂的情詩，歌舞昇平，配合一下宴會的歡樂氣氛，肯定是再好不過的了。沒想到，花蕊夫人沉吟片刻，誦出這麼一首詩：

君王城上豎降旗，妾在深宮哪得知。十四萬人齊解甲，更無一個是男兒。（〈述國亡詩〉）

該詩痛斥「君王豎降旗，將士齊解甲」，認為十四萬蜀軍沒半點英雄氣概，連一個真正的男子漢都沒有！暗諷如非這般，趙匡胤定然也沒那麼容易取勝。猜想花蕊夫人說完之後心裡肯定很舒暢，言丈夫所不敢言，怨故國所不能怨，憋了這麼久的話終於噴薄而出，煞是爽利！但無疑，這詩非常不合時宜，尤其是在這樣友好的氛圍裡，實在缺乏誠意。孰料，趙匡胤此時已被自己以寡敵眾的勝利沖昏了頭腦，不但沒有發怒，反而擊節稱讚：「卿真可謂錦心繡口！」

作家亦舒說：「當一個男人不再愛他的女人，她哭鬧是錯，靜默是錯，活著呼吸是錯，死了還是錯。」這一理論，反之亦然。當男人愛上女人時，罵的時候美，怒的時候美，吃飽了打嗝都是香甜的氣味，睡著了打鼾都帶著幸福的節奏。所以，趙匡胤能承受這樣尷尬的場面，只有一個原因，他看上這個女人了。

接下來的故事比較俗套。入汴京十日後，孟昶突然暴死，孟昶的母親絕食而亡，為國殉葬。花蕊入宮侍寢，不久後被封為貴妃。這些情節在改朝換代之際，都是毫無懸念的：一是殺國君防復辟，二是搶貴妃占美色。趙家兄弟在這點上完全不能免俗。宋太祖殺孟昶奪取花蕊夫人，宋太宗殺李煜搶來小周后，兩兄弟在明搶與暗殺中有著良好的默契。

花蕊夫人嫁給宋太祖後，搖身一變為受寵的貴妃，新生活還算安穩。但花蕊夫人很念舊，她偷偷繪了幅孟昶的畫像，懸於內室，常常祭拜，以示思念。有次竟被宋太祖撞上，問她緣由，花蕊謊稱其為求子的神仙。太祖聽後大悅。而「張仙送子」一說從此不脛而走，流入民間，引得人們紛紛供奉其畫像求子，鮮花香果，絡繹不絕。

歷史有時候就是這麼奇怪，捕風捉影的故事常常被傳得言之鑿鑿，而那些重要的人生關鍵點，卻被抹得一塌糊塗。比如，張仙送子鬧得人盡皆知，但花蕊夫人到底何時仙逝卻無法考證。一說她冠寵後宮遭到皇后嫉妒，竟被毒死；一說她後來失寵於宋太祖所以抑鬱而亡。更有筆記史料《鐵圍山叢談》，說趙光義覺得花蕊進宮後，哥哥趙匡胤耽於女色，為防哥哥沉迷其中，所以在打獵時偷放暗箭，射死了花蕊。宋太祖以社稷為重，並沒有為難兄弟。也有說「燭影斧聲」當夜，太祖病重，趙光義探病，正逢花蕊侍寢，燈下觀美人，趙光義心猿意馬，竟然動手調戲花蕊，驚動了太祖。結果第二天太祖離奇去世，趙光義繼位，花蕊又變成了趙光義的貴妃。諸如此類，花蕊夫人的若干結局，與其說是來源於史書，不如說是來源於人們的想像。

當年，花蕊夫人國破家散，痛別故土，行至劍門道時，曾在葭萌驛的牆上留詞一首：

初離蜀道心將碎，離恨綿綿，春日如年，馬上時時聞杜鵑。

這首〈採桑子〉用詞精練，通過幾個傳神的意象，生動而深刻地再現了亡國的痛楚，讀來字字千斤。只可惜，這含淚之作，未及寫完便在宋軍的逼迫下倉促上路了。

後人續作的下闋也隨之而來：

三千宮女皆花貌，妾最嬋娟。此去朝天。只恐君王寵愛偏。

明代楊慎在《詞品》中批評這篇續作「詞之鄙，亦狗尾續貂矣」。的確，下闋的恃嬌邀寵與上闋的亡國之痛，無論從感情基調還是遣詞造句上來說，都相差甚遠。

花蕊夫人生於亂世，兩朝貴妃的特殊身分，花容月貌的絕色英姿，常常遮蔽了她的文學才能。當年花蕊還是後蜀快樂的貴妃時，也曾寫過很多亮麗的宮詞。「新秋女伴各相逢，罨[4]畫船飛別浦中。旋折荷花伴歌舞，夕陽斜照滿衣紅。」「春風一面曉妝成，偷折花枝傍水行。卻被內監遙覷見，故將紅豆打黃鶯。」嬌羞柔美的青春，自由自在的靈魂，加上這些絕妙的詩詞，真可以讓整個皇宮熠熠生輝！可惜，好景不常在，好花不常開，歷史的陣陣陰風，終於還是吹落了後蜀這朵美麗的「花蕊」。

不僅如此，這位中國歷史上第一位女詞人，竟連一首完整的詞作都沒有留下。每思及此，不禁令人扼腕嘆息。

三生三世不易安——李清照

能夠在男權社會衝破層層障礙迸發出自己獨特光芒，並在千年之後巍然屹立於整個中國文學史而毫無遜色的才女，李清照當數第一。

歷來對李清照的關注，大多集中在其人生經歷與詞學成就之關係的研究上。跟李煜情況類似，人們習慣把李清照的詞作劃分為前後兩期。前期，尚屬北宋，詞作風格活潑秀麗，典雅浪漫，多為清秀婉約的閨閣詞；後期，進入南宋，由於經歷了國破家亡的雙重悲劇，李清照的詞風轉為沉鬱哀婉，常以婉約筆調寫悲憤情懷，詞學成就極高，被譽為婉約詞宗。她的個人詞史猶如兩宋間知識分子們的一部心靈史，因其突破了時間和地域的限制而贏得了後世無限的尊敬。而今，翻看李清照的詞作，彷彿是沿著一條曲曲折

4 罨：音同「演」，用來捕魚或捕鳥的網子。

折的心路，重新探尋她那跌宕起伏的一生……

首先，映入眼簾的是北宋大家閨秀李清照自由浪漫的青春，這一時期，可以看作是「少女不知愁」階段。

常記溪亭日暮，沉醉不知歸路，興盡晚回舟，誤入藕花深處。爭渡，爭渡，驚起一灘鷗鷺。

昨夜雨疏風驟，濃睡不消殘酒。試問卷簾人，卻道海棠依舊。知否，知否？應是綠肥紅瘦！

兩首〈如夢令〉放在一起，可以看出很多相似的場景、類似的生活。沒事兒約幾個閨蜜或親友出去郊遊，乘興而去，盡興而歸，回來睡到自然醒。醉了有人幫忙醒酒，醒了有人伺候梳妝。閒來無事就跟丫鬟鬥嘴扯閒篇兒，完全是無拘無束的快樂青春。

試想，美食（吃酒）、旅遊（泛舟）、睡到自然醒（濃睡不消殘酒），實現「公主夢」（卷簾人）……這一系列的節奏很容易看出李清照少女時期生活的寬裕和舒心。這一時期的詞作，如簷下風鈴，隨風起落，飄出清脆歡樂的聲音；又如裙上綴著的環佩，叮噹作響，一路蕩來暗香款款，笑語盈盈。除以上兩首〈如夢令〉外，最神采飛揚並具青春風貌的便是〈點絳唇〉。

蹴罷秋千，起來慵整纖纖手。露濃花瘦，薄汗輕衣透。見客入來，襪剗金釵溜，和羞走。倚門回首，卻把青梅嗅。

如果時光能夠剪出一部電影，那李清照肯定是最好的導演。這首〈點絳唇〉不寫盪鞦韆時的快樂，而直接從盪完鞦韆後的快樂神態開始寫起，鏡頭感十足，時間線清晰。盪鞦韆時累出的薄汗將衣服都弄濕了，額上點點汗珠，如初春花朵上滾動著的晶瑩露珠。早春的花園裡，露濃花瘦，妙齡少女笑靨如花，從心底裡送出層層喜悅來。正在這個閒散的時刻，忽然撞見一位陌生的客人，來不及穿鞋，只好穿著襪子疾走。頭髮由於剛才盪鞦韆弄散了，髮釵鬆鬆地垂下來。覺出自己窘態畢現，所以害羞地跑開。結果走到門口，又不禁想再看看來客的樣子，倚門回首，以低嗅青梅的姿態掩飾自己對來客的好奇。

短短一首小詞，天真純潔浪漫矜持的少女形象立時變得活靈活現，其間的嬌羞和鍾情更是展現了初戀的怦然心動。所以，有人推測這首詞寫於李清照與丈夫趙明誠初相見時。

趙明誠出身官宦世家，父親趙挺之曾做過當朝宰相，烜赫一時。據說，趙明誠曾有過「做夢娶媳婦」的經歷，事情發生在父親趙挺之正欲為其擇偶的時候。趙明誠有一次午睡，夢見讀一本書，醒來後書裡的內容都不記得了，唯獨記得三句話：「言與司合，安上已脫，芝芙草拔。」他百思不得其解，於是將此事告訴了父親。趙挺之聽後便開始給兒子解夢：「言與司合」是「詞」字，「安上已脫」是「女」字，而這「芝芙草拔」是「之夫」。所以，趙挺之斷言，兒子將來必是「詞女之夫」，所娶之人肯定是文詞皆佳的才女。後來，李格非將自己的女兒嫁過來，趙明誠果然娶了光耀千古的才女——李清照。

李清照和趙明誠雖都出身官宦之家，但經濟情況一般。尤其是趙明誠酷愛古玩善本、奇珍異寶，所以兩個人的錢財多用來置辦金石，生活上很儉樸。但家庭的幸福並不取決於粗茶淡飯還是錦衣玉食，在這種知識分子夫妻眼裡，志同道合遠比富甲天下更令人感到幸福。

關於他們生活的描繪，已經化成一幅幅夕陽中優美的畫卷。那些飲茶助學的笑談，也變成後世琴瑟和諧的典範。傳說那時候，他們經常在日暮黃昏品茶讀書，其中一人講出典故，另一人要說出典故來自某書某卷，甚至某頁某句，勝者可以先飲茶。有一次，趙明誠輸了，李清照飲茶時憋不住喜悅，「噗哧」一笑，茶沒喝到，還把前襟潑上了茶水，結果夫妻倆笑成一團，樂到翻天。

古人常常認為「生得好不如嫁得好」。《紅樓夢》中的「金陵十二釵」都是生在鐘鳴鼎食的大富大貴之家，但她們都沒有好結局。元春被深鎖宮門，骨肉離散難得團聚；迎春更是遇人不淑，慘遭虐待，嫁人不到一年便被家暴致死；探春精明能幹但遠嫁他鄉，終是無依無靠；寶釵更不用說，頂著二奶奶的頭銜，後半生註定獨守空房。所以，雖然所謂「嫁得好」這種事沒什麼標準答案，但幸福度肯定是衡量好姻緣的重要指針。就此來說，李清照的婚姻的確是比較成功的。

李清照十八歲嫁給趙明誠的時候，已經在北宋詞壇聲名鵲起，算是頗有名氣的才女了。嫁給趙明誠之後，二人互相欣賞，彼此愛慕，詞賦唱和，勘校詩文，蒐集古董，是同舟共濟的柴米夫妻，也是心意相通的靈魂伴侶。所謂「佳偶天成」恐怕指的就是他們這樣的夫妻。如果按照封建思想的主流調子，將「女人的嫁人」比作「第二次投胎」，那麼李清照「這一世」的生活算得上豐富多彩而又五味雜陳。

婚後不久，趙明誠離家遠遊，李清照思念丈夫，閒愁萬種湧上心頭，只好填詞解悶，遙寄相思。這段時期的作品，因較少女時期的生活豐富了些，詞作也增加了些少婦的憂愁。但總體上說，多屬內容淺近、語言清新的類型。李清照也從擅長的小令漸漸轉型，開始嘗試中調的創作。

紅藕香殘玉簟秋。輕解羅裳，獨上蘭舟。雲中誰寄錦書來?雁字回時，月滿西樓。

花自飄零水自流。一種相思，兩處閒愁。此情無計可消除，才下眉頭，卻上心頭。

這首〈一剪梅〉從清秋的景色起筆，紅藕香殘，在這清冷的秋天，獨自登舟。雁字空回，無人寄錦書。滿月正圓，望月的人卻沒有團圓。下闋直寫「花自飄零水自流」，年華如水，所謂青春與愛情都是有缺憾的，一種淡淡的悲涼漸襲心頭。而在這清冷幽靜的環境中，她始終相信丈夫也是這樣思念著自己，這「相思」一化為二，兩個人共同分擔。想到此處，她心裡又約略得到些寬慰。但這離愁別緒始終無法化解，「才下眉頭，卻上心頭」。結尾兩句對仗工整，眉頭上放下的閒愁又被自己放回到心上，更坐實了「此情無計可消除」。全詞流暢自然，意境清雅幽怨，藝術感染力極強，歷來為人所稱道。

在與趙明誠離別的日子裡，李清照創作了很多類似的詞作，愁緒萬端，相思綿綿，佳作連連。據說，有一次重陽節，李清照寫了一首〈醉花陰〉寄給趙明誠。

薄霧濃雲愁永晝，瑞腦消金獸。佳節又重陽，玉枕紗廚，半夜涼初透。
東籬把酒黃昏後，有暗香盈袖。莫道不消魂，簾卷西風，人比黃花瘦。

趙明誠接到詞函之後，自愧弗如，覺得李清照寫得實在好，心裡非常慚愧。但是男人的自尊激起了他的好勝心，他閉門謝客，廢寢忘食，連續奮鬥了三天三夜，一口氣寫了五十首，然後把李清照的這首〈醉花陰〉混在其中，請朋友陸德夫來鑒賞。陸德夫玩味再三，說這裡面只有三句寫得絕佳，趙明誠問是哪三句，老陸說：「莫道不消魂，簾卷西風，人比黃花瘦。」趙明誠一看，全都是李清照寫的，跟他沒什麼關係。當然，這只是元代《琅嬛記》中的一個故事而已。但故事的背後似乎也暗示了趙明誠對李清照才華的認可和欽佩。

古代社會中，男尊女卑，多數男人都瞧不起女人，哪怕是自己心愛的女人，在男人看來也不過是一件玩偶，很難得到家庭和社會的承認，遑論所謂的尊嚴和價值。但李清照夫婦生活的北宋，經濟的繁榮促進了思想的自由和文化的寬鬆，加上趙匡胤登基後曾有不成文的規定：「不殺諍臣，不殺讀書種子」，促成了尊重文化的積極風氣。李清照出身望族，滿腹經綸，詞學水準早已得到全社會的公認，所以趙明誠以李清照為榮，讚賞愛妻之事便成為後世的美談。此事若要放在理學禁錮已然橫行的南宋，趙明誠的做法轉而就會成為人們的笑柄。所以，做為一代詞人，李清照能夠有如此浪漫的生活和幸福的婚姻，既得益於自身的才華橫溢，也有其社會背景提供的契機。

在歷史螺絲鬆動的時期，北宋的繁榮和自由滋潤了她的秀美和溫柔，給了她怦然心動的愛情，琴瑟和諧的婚姻。她從亭亭玉立不識愁滋味的少女，長成為閒愁萬種卻又家庭幸福的少婦。雖然父親李格非和公公趙挺之因為政治原因屢在宦海沉浮，她亦提心吊膽地跟著時喜時憂，但大多數時候，有趙明誠遮風擋雨、溫柔呵護，她的生活還是樂多於苦，喜多於憂。

然而，正當李清照用心享受生活的賜予時，歷史開始急轉直下，她人生的天地也隨著歷史的扭轉而晃動起來。西元一一二七年，金兵攻破汴梁，宋徽宗和宋欽宗被俘，北宋滅亡。金人一路南下的鐵蹄，踏碎了王朝，踏碎了山河，踏碎了李清照的悠閒和快樂。這位曠世才女從此被捲進大時代的漩渦，開始了落花隨流水的漂泊生活，不得不開始了又一次「脫胎換骨」的經歷。

北宋滅亡後，國家陷入一片混亂，各地叛逃開始激增，李清照和趙明誠為避禍患也開始南下。鞍馬勞頓，道阻且長，二人收藏的珍寶金石古玩字畫，開始不斷散落。國破之悲，喪寶之痛，都讓李清照感到徹骨的哀傷，詞風也從清雅秀麗轉變成壓抑憤懣。當她和趙明誠逃難路過烏江，想到當年項羽的豪邁，再看看眼下南宋的懦弱，不禁氣憤異常。李清照有感於此，寫下膾炙人口的〈夏日絕句〉：「生當作人傑，死亦為鬼雄。至今思項羽，不肯過江東。」簡練的語言，通俗的意境，豪邁的氣魄，都淋漓盡致地表達出來。不愧為女中大丈夫！

不幸的是，面對如此堅強的李清照，命運的摧殘並未止息。當李清照還沒有從亡國之恥、喪寶之恨中抽身出來的時候，她的生活再次迎來了一輪痛苦的洗禮。建炎三年（一一二九年），趙明誠忽然病逝。這一年，李清照已經四十六歲，無兒無女，無依無靠。

大時代的風雨飄搖，小家庭的灰飛煙滅，讓李清照的生活雪上加霜，苦不堪言。她從名門貴婦一落而為孤獨悲慘的寡婦。更讓人揪心的是，趙明誠剛剛去世就受到誣陷，有人說他生前曾將珍貴文物獻給了金人，有通敵叛國的嫌疑。對大多數中國文人來說，「清白」二字實在比生命還要尊貴。李清照聽到消息後，為了盡早證明丈夫的清白，獲得皇帝的信任，她帶著夫婦倆全部的家當，一路匆忙南下，追趕遠去的朝廷，急急忙忙地去給國家獻寶。她遭遇過搶掠、偷盜，金石古玩也在漫長的路途中不斷散失。兵荒馬亂中，李清照孤身一人，幾度出生入死，身心備受煎熬。然而更令她痛心的是，無論李清照怎樣努力，朝廷軍隊的逃跑速度永遠比她追趕的速度還要快，每到一處，她都發現軍隊剛剛逃走。

建炎四年（一一三〇年）春，據《金石錄後序》記載，李清照曾在海上航行，歷盡風濤之險。後來創作的〈漁家傲〉便成為她畢生詞作中最為豪邁的一首。

天接雲濤連曉霧，星河欲轉千帆舞。彷彿夢魂歸帝所。聞天語，殷勤問我歸何處？
我報路長嗟日暮，學詩謾有驚人句。九萬里風鵬正舉。風休住，蓬舟吹取三山去！

在這首詞中，李清照將天、雲、霧、星河、千帆等意象都囊括在自己筆下，描繪了一幅壯美的畫卷。藉「夢遊」這樣的形式，與天帝進行問答，痛訴心中的憤懣，流露出對現實生活的不滿，也抒發了自己的豪邁之情，傾訴了遠大的志向。梁啟超評論說：「此絕似蘇辛派，不類《漱玉集》中語。」可謂一語中的。李清照後期詞作多感懷傷時，筆調沉鬱傷痛，該篇是少有的豪放之作。

雖然李清照也曾為自己加油鼓勁兒，但舟車勞頓終於還是讓弱質女流難以承受。加上趙明誠死後積鬱的悲傷，李清照病倒了。就在親人們為重病不起的李清照準備後事期間，一個叫張汝舟的人巧舌如簧地說服了李清照的家人，趁李清照昏迷不醒時與她締結了婚約。如果李清照就此長眠，也許會免去人生的諸多苦楚，詞史上也便不會再有獨特的「易安體」。但歷史沒有如果，只有結果。結果是李清照後來轉醒過來，木已成舟，只好做張汝舟的妻子。

這個張汝舟用現在的話來說，基本就是個「人渣」。他娶李清照並不是愛慕她的才華想要照料她的生活，始終只是抱著搶占李清照財物的心態。當他發現李清照的財物遠不如他預想的那麼多時，便惱羞成怒，對李清照拳腳相加。李清照當年與趙明誠結婚，過的是舉案齊眉的生活，她考慮再三覺得自己無論如何都難以與張汝舟這種強盜生活在一起，於是將張汝舟告了官，要求與他離婚。張汝舟非法倒賣官職，所以李清照的狀一下就告贏了。

余秋雨曾經提到這件事，「沒有任何文字資料記載李清照出庭時的神態，以及她與張汝舟的言詞交鋒內容，但是可以想像那些都不是我們願意看到和聽到的。……所有旁觀者的心中都會泛起『自作自受』四個字，這些她全能料到。如此景況加在一起，出庭場面一定不忍卒睹。」歷史隱去了人們悲傷的想像，後人只能看到李清照用自己的尊嚴爭得了最後的自由。

按照當時的法律，做為妻子的李清照雖然勝訴了，但必須同樣受到懲罰，被判服刑兩年。好在，一眾親友積極營救，李清照只關了九天就被釋放出來。出獄後，她馬上寫信給親戚，「清照敢不省過知慚，捫心識愧。責全責智，已難逃萬世之譏；敗德敗名，何以見中朝之士」。今天讀此信，字字沉重，依然可以感覺到李清照為自己名譽的憂慮。「改嫁」一事令李清照再次陷入輿論的漩渦，惶恐驚懼，如履薄冰。

其實北宋時期，無論官方還是民間都還沿襲著唐代留下來的「改嫁」的習慣。大文豪范仲淹的母親也曾改嫁，連宋太祖的妹妹也在喪夫後再嫁。程頤雖然已經提出「餓死事小，失節事大」，但他的姪子過世後，姪媳婦照樣另尋伴侶。可見，北宋改嫁之風並未式微。但到了南宋，隨著都城的變遷，人們的生活和觀念都發生了微妙的變化。

為了鞏固統治，南宋對意識形態領域不斷加強控制，對思想的禁錮和鉗制越來越多，開始大力弘揚「守節」的觀念。范曄在《後漢書》中首次把〈列女傳〉放在正史之列。早期如救父的緹縈、文采卓越的蔡文姬、賢良的樂羊子妻，都是各類優秀女子的代表。到《宋史》後，所謂列女都變成了守節的「烈女」，可以想見，當時李清照的日子該如何艱難。但也因此，李清照人格中的堅強、勇敢與不屈不撓，以及努力生活的意志，才更值得後人尊敬。

李清照生在北宋，那些影響一生的自由和成長都在此其間順利完成。然而，到了南宋，她才發現，整個國家變化的不僅僅是都城的位置，還有生活的時空。從喪偶到離異，她體會到了人世間更深切的離合悲歡，這些感情都深深地沉澱下來，消融在她後期的詞作中。

庭院深深深幾許？雲窗霧閣長扃。柳梢梅萼漸分明。春歸秣陵樹，人客遠安城。感月吟風多少事，如今老去無成。誰憐憔悴更凋零。試燈無意思，踏雪沒心情。（〈臨江仙〉）

尋尋覓覓，冷冷清清，淒淒慘慘戚戚。乍暖還寒時候，最難將息。三杯兩盞淡酒，怎敵他、晚來風急？雁過也，正傷心，卻是舊時相識。

滿地黃花堆積，憔悴損，如今有誰堪摘？守著窗兒，獨自怎生得黑？梧桐更兼細雨，到黃昏、點點滴滴。這次第，怎一個愁字了得！（〈聲聲慢〉）

李清照晚期詞作多以豪放之筆寫悲愴之情，在詞史上堪稱一絕，更被後世尊為「易安體」。她晚年隱居杭州，許多詞作都透露出生活的淒苦和悲涼。

落日熔金，暮雲合璧，人在何處？染柳煙濃，吹梅笛怨，春意知幾許！元宵佳節，融和天氣，次第豈無風雨。來相召，香車寶馬，謝他酒朋詩侶。

中州盛日，閨門多暇，記得偏重三五。鋪翠冠兒，捻金雪柳，簇帶爭濟楚。如今憔悴，風鬟霜鬢，怕見夜間出去。不如向、簾兒底下，聽人笑語。

這首〈永遇樂〉上闋寫元宵節的熱鬧，令人恍惚覺得彷彿置身汴梁的繁華。下闋遙想當年自己閒暇遊樂之時，青春爛漫，無憂無慮，節日時悉心裝扮。當年少女時快樂的情狀立刻活靈活現躍然紙上。詞末，筆鋒忽轉，講到如今，霜染鬢白，憔悴難耐，對外面的繁華已經提不起半點興趣，已經不想再出去見人。

「不如向、簾兒底下，聽人笑語」這句尤其悲涼。詞人既懷念當初元宵勝景，又害怕觸動往事而傷感。隔簾問話，不敢去觸碰外面的繁華，只能躲在回憶中安慰孤寂的自己。歷史變遷、人世滄桑，隔著一簾幽夢，忽覺還鄉，笙歌曼舞之夜，獨自垂淚、神傷、斷腸。李清照將身世之感、國家之嘆融化在詞裡，南宋的風雨飄搖，自己的今昔對比，全部容納在這首詞中，綿綿思緒寄託了豐富的感情和無窮的韻味，讀來令人心碎。所以南宋末年愛國詞人劉辰翁說：「余自乙亥上元誦李易安〈永遇樂〉，為之涕下。今三年矣，每聞此詞，輒不自堪。」

李清照的文學才能非常全面，除傳世的詞作外，她的詩文水準亦不俗，可惜留本太少。她不但精通填詞，還能提出詞「別是一家」這樣鮮明的觀念，反對以寫作詩文的手法來寫詞，詞學理論影響深遠。

縱觀李清照的人生，從小康之家的快樂少女，到朱門大戶的幸福少婦，再到中年喪偶晚年獨居，可謂跌宕起伏，顛沛流離。她號「易安居士」，但終其一生卻也沒有尋到那個避風的港灣。這是李清照的悲劇，又何嘗不是南宋的遺憾。

古代名媛的悲慘生活——朱淑真

朱淑真，女，南宋人，具體生卒年不詳，閨閣事蹟不詳，婚後狀況不詳，死因不詳。除了她傳世的作品外，朱淑真的簡歷幾乎一片空白。但幸運的是，朱淑真是南宋罕見的才女，她大量的詩詞作品中留下了許多當年生活的剪影。後人按圖索驥，也能約略探聽出她的片段故事……

朱淑真生於南宋初年的官宦世家，自幼聰慧，精通文史，擅長書畫，屬於才情並茂的官宦小姐。通常這種家境優越的人在青春時期總是飛揚著特別的風采：天真的快樂，任性的自由，和閨閣女子掙不脫甩不掉的春愁。

樓外垂楊千萬縷，欲系青春，少住春還去。猶自風前飄柳絮，隨春且看歸何處。

綠滿山川聞杜宇，便做無情，莫也愁人苦。把酒送春春不語，黃昏卻下瀟瀟雨。（〈蝶

戀花〉）

對春天的喜愛是人類發自內心的共鳴，因為春天有融融的綠意，有勃勃的生機，化到詩詞裡，「惜春」便成了一個重要的話題。朱淑真的這首詞正是由這種情緒起筆，上闋寫春天將要離去，樓外垂楊千萬縷，縷縷都在挽留春天的腳步，讓它慢些離去。又或者任由春天離開，依依垂柳都化成柳絮，隨春天飄去。而這柳絮之情，實乃詞人之意。詞的下闋，放眼望去，暮春的山野，花落草長，一片碧綠。杜鵑鳴啼，聲聲都是愁苦，不忍春天的別離。把酒送春，春天沒有回答自己，卻在這黃昏裡落下瀟瀟細雨。至於雨聲到底是傾訴還是告別，就看每個人不同的體會了。

農曆三月底，古人常有「把酒送春」的傳統，與春天告別，也與春天定下明年的契約。朱淑真敏銳地抓住了這暮春中的訊息，將其中的纏綿與淒婉生動地表達了出來，既合了這時節的景，也合了自己的心事。少女心，海底針，細膩憂傷，正如連綿春雨，點點滴滴都是含蓄的心語。

古代女子未婚前不得拋頭露面，常常被困在閨閣裡，「傷春悲秋」是她們詩詞中最常見的主題。但由於生活圈子狹小單一，所以能將閨情愁緒寫成朱淑真這種水準的並不多。

朱淑真個性直率、熱情奔放，跟一般官宦小姐的生活略有不同。她曾寫過一首〈清平樂〉（夏日遊湖），描寫與戀人約會時的情景，被當時很多道學家斥責為「放蕩」，卻為後世很多詞學家所讚賞。

> 惱煙撩露，留我須臾住。攜手藕花湖上路，一霎黃梅細雨。
> 嬌痴不怕人猜，和衣睡倒人懷。最是分攜時候，歸來懶傍妝臺。

這首詞的上闋寫的是青年男女遊湖時遇到下雨，構思的亮點在倒裝語序上。正常的語序應該是：兩個人攜手遊湖，藕花正開在湖中，突然一陣黃梅雨，惱人的煙和露，撩撥起年輕人無盡的遐想。這樣的天氣，總要找個地方避雨，結果幽靜的環境更催生了彼此的情絲。

詞的下闋直接寫女子的直率，和衣睡倒在愛人的懷抱，嬌痴也不怕他怎樣想我，哪怕他對我突然襲來的熱情感到驚訝或錯愕，一時之間我也顧不得那許多。李煜曾寫小周后出來與自己偷會時的狂喜「奴為出來難，教君恣意憐」。逢到這個時候，無論李煜還是朱淑真，無論男女老少，在心靈層面都是相通的。

詞的結尾也非常精彩。到了分別的時候，眷戀叢生，二人依依不捨。回到自己的閨房，「懶傍妝臺」，那份慵懶、嬌羞和神祕，以及初歡後的心蕩神迷，都被描畫得栩栩如生。後人論詞，說李清照的那句「眼波才動被人猜」寫得矜持絕妙，而朱淑真這句「嬌痴不怕人猜」，坦率可愛，也是放誕到絕妙。但因為寫得太過大膽直接，所以朱淑真為此付出了沉重的代價。

南宋伊始，各種清規戒律已經慢慢滲透到人們的生活中，風氣已遠不如北宋時自由。於是，那些所謂的道學家便指責朱淑真「有失婦德」。父母為免親友口舌，匆匆將其嫁掉。相傳，朱淑真的丈夫是一個小官吏，夫妻志趣不合，朱淑真婚後始終鬱鬱寡歡，很多詞裡都表達過類似的惆悵。

獨行獨坐，獨唱獨酬還獨臥。佇立傷神，無奈輕寒著摸人。

此情誰見，淚洗殘妝無一半。愁病相仍，剔盡寒燈夢不成。（〈減字木蘭花〉）

開篇起筆，朱淑真連用了五個「獨」字，定下了該詞的基調。佇立傷神，料峭春寒竟然也來招惹她。此情此景，以淚洗面，臉上只剩一半殘妝。愁病接踵而來，睡不著的時候便一段段剪去燒過的燈芯。但見東方既白，燈芯剪盡，又是一夜無眠。其哀婉悲淒，寂寞愁苦，真是我見猶憐。

另有兩首〈菩薩蠻〉也是同類詞的佳作。

濕雲不渡溪橋冷，娥寒初破東風影。溪下水聲長，一枝和月香。
人憐花似舊，花不知人瘦。獨自倚闌幹，夜深花正寒。

山亭水榭秋方半，鳳帷寂寞無人伴。愁悶一番新，雙蛾只舊顰。
起來臨繡戶，時有疏螢度。我謝月相憐，今宵不忍圓。

第一首詞中「人憐花似舊，花不知人瘦」頗有幾分黛玉觀花流淚、葬花解懷的味道。而第二首詞中，朱淑真將月亮做了擬人化處理，將月的陰晴圓缺和人間的悲歡聚散直接連繫到一起，更將自己善良的心思寄託給清冷的月輝，「多謝月相憐，今宵不忍圓」，讓人讀後不禁愛其才華憐其境遇，望月感嘆，唏噓不止。那個曾經快樂無忌、青春活潑的少女，如今已被深深地困在自己的婚姻中，用朱淑真自己的詞句形容就是：「不堪回首，雲鎖朱樓。」

據說朱淑真也為自己的丈夫寫過詩。她的丈夫是文史小吏，宦遊吳越，她曾隨行一段時間，後因不忍離鄉之苦返回家鄉。她曾給丈夫寄過一封著名的情書，上無一字，只有圈圈點點。找了半天才看到她用蠅頭小楷寫的一首相思詞：

相思欲寄無從寄，畫個圈兒替。話在圈兒外，心在圈兒裡。
單圈兒是我，雙圈兒是你。你心中有我，我心中有你。
月缺了會圓，月圓了會缺。整圓兒是團圓，半圈兒是別離。
我密密加圈，你須密密知我意。還有數不盡的相思情，我一路圈兒圈到底。（〈圈

兒詞〉）

這首詞寫得輕鬆活潑，語意平白但趣味橫生，很有朱淑真少女時放誕不羈、瀟灑率真的風範，也算是她愁苦憂悶的《斷腸集》中難得一見的明媚作品。丈夫看後會心一笑，次日一早便僱船返鄉，可見夫妻之間也曾有過改善彼此關係的努力。但性格志趣的不相諧，還是讓朱淑真時常感到孤獨和落寞。

鷗鷺鴛鴦作一池，須知羽翼不相宜。東君不與花為主，何似休生連理枝？（〈愁懷〉）

在朱淑真心裡，她始終不認同父母為自己選擇的婚姻，她覺得自己與丈夫本就不是同路人。也許那個在綿綿細雨中曾給過她最初溫暖與歡愉的青年，才是她此生最鍾意的情郎。那飽滿的愛情種子，在藕花盛開的季節深深地種在了她的心裡。那份甜蜜和期待，是她一生都無法忘記的。在朱淑真的詩詞中，她反覆描寫自己的孤獨。倚窗凝望，花深月涼，長夜難眠，成為她詩詞中最常見的意境。

不過，她雖沉溺於這樣的意境但又不被這樣的意境所拖累，她的身上永遠湧動著直接面對生活的勇氣。所以，當她知道丈夫的寡情薄義後，她選擇了離婚。也有傳說她並沒有離婚，但搬回了父母家，長期分居，形同離異。傳說她曾有一首〈斷腸迷〉，寫的就是跟丈夫分手時的決絕姿態。

下樓來，金錢卜落；問蒼天，人在何方？
恨王孫，一直去了；詈[5]冤家，言去難留。
悔當初，吾錯失口；有上交，無下交。
皂白何須問？分開不用刀，
從今莫把仇人靠，千里相思一撇消。

這是一首字謎詩，每一句是一個謎面，謎底連起來是「一二三四五六七八九十」。當年卓文君聽說司馬相如有拋棄她的意思，也曾寫過一首〈數字歌〉，不過結尾多少有些挽留的語氣，「巴不得下一世你為女來我為男」，既像輕輕的嘆息，又像溫柔的嗔怪。

所以司馬相如看後慚愧，心中升起不少柔情，決定從此與卓文君白頭偕老。但朱淑真的這首〈斷腸迷〉絲毫不見普通棄婦的哀傷，「分開不用刀；從今莫把仇人靠；千里相思一撇消」，寫得比男人更冷靜決斷，半點拖泥帶水的痕跡都沒有。其少年時「嬌痴不怕人猜」的勇敢在分手的時候依然表現得那麼充分。

但面子是大家的，裡子才是自己的。無論朱淑真多麼勇敢，在強調「女子無才便是德」的時代裡，她註定是被排斥的異類。朱淑真後半生鬱鬱寡歡，始終沒有真正幸福過。不僅如此，在她抑鬱而死（也有人說她是落水而死）後，父母因為她曾「有失婦德」，竟不許她入土為安，索性一把火將她燒了，陪葬的物品還是她畢生十分珍愛的書稿。在一個道德之劍無堅不摧的年代，對知識女性，人們竟是如此切齒的仇視。

朱淑真其人，具體生卒年不詳，閨閣事蹟不詳，婚後狀況不詳，死因不詳。這一生，除了婚姻不幸外，其他情況都無法考證。她與李清照齊名，是宋代「四大女詞人」之一。李清照晚年生活雖不乏艱辛，卻曾體會過與趙明誠志同道合伉儷情深的幸福，自號易安

5 詈：音同「立」，責罵。

居士，更是帶著些恬淡與從容。而朱淑真卻什麼都沒有，甚至連父母的理解都不曾擁有過。她自號幽棲居士，文集都以「斷腸」為名，似乎也隱隱地透著些命運的暗示。

才華橫溢的朱淑真個性率真，處事瀟灑，但終究無法掙脫社會的規約和束縛。每一掙扎，禁錮都更深了一層。她是古代才女悲劇命運的集中體現，也是南宋理學發軔期的「犧牲品」，而且據說，朱淑真竟是朱熹的本家姪女。

南宋名媛生活，怎一個「苦」字了得！

釵頭鳳尾飛華章——唐琬

邪惡的婆婆總是相似的，不幸的兒媳卻各有各的不幸。從古至今，因婆媳關係不睦導致夫妻離婚，一直是沉重也沉痛的話題。「寧拆十座廟，不拆一段親。」這種話是說給別人聽的，自己家裡的兒媳如果看著礙眼擱著礙事，那是絕不能善罷甘休的。史上最為臭名昭著的惡婆婆之一便是焦仲卿的母親。

焦仲卿的母親因為不喜歡兒媳婦劉蘭芝，所以責令焦仲卿休妻。焦仲卿夫婦本來感情很好並不願意離婚，但焦母屢次施壓，焦仲卿迫於所謂的「順即是孝」只得休妻。劉蘭芝回到娘家後，其兄長貪慕虛榮，不斷找人說媒，對劉蘭芝頻繁洗腦，終於使其含淚同意改嫁。結果改嫁的前一天晚上，焦仲卿前來道喜，二人一見之下情不能已，抱頭痛哭，山盟海誓，重修舊好。當晚，焦仲卿走後，劉蘭芝投河自盡；翌日清晨，焦仲卿自縊身亡。就這樣，一對幸福的小倆口轉眼變成了苦命的死鴛鴦。

後人根據這段故事寫成了中國文學史上膾炙人口的樂府詩〈孔雀東南飛〉。這是中國古代第一敘事長詩，與〈木蘭詩〉並稱「樂府雙璧」，與唐代韋莊的〈秦婦吟〉並稱「樂府三絕」。而安徽省懷寧縣的小鎮上，焦仲卿夫婦殉情的墓地，也變成後世男女憑弔的風景。可惜，即使悲劇在前，依然無法阻止惡婆婆們的腳步。八字不合、命裡剋夫、為人倔強、性格開朗、沒有子嗣等諸多理由，都是她們敦促兒子休妻的有力藉口。唐琬的婆婆正是這龐大邪惡軍團裡的另一位知名老太。

唐琬是宋代文豪陸游的表妹，和陸游青梅竹馬，兩小無猜，成年後順理成章結為夫婦。陸游是譽滿文壇的詩詞大家，唐琬是小有名氣的才女，二人詩詞唱和，琴瑟共鳴，生活得非常幸福。但陸游的母親並不以兒子的幸福為幸福，她對唐琬非常不滿，原因是唐琬和陸游結婚兩年卻沒能生下一兒半女，害得陸家無後。為延續香火，她責令陸游休妻。不過也有傳說，陸游的母親不喜歡唐琬，一是因為唐琬性格開朗，二是因為陸游母親出嫁前與家裡的嫂子（即唐琬的母親）關係不好，所以始終不太喜歡這個姪女。不過，這些陰暗的心理分析，陸母自然是不會承認的。「不孝有三，無後為大」，在那個甚至現在這個時代都是十分冠冕堂皇的理由。

陸游起初很是抵抗，可拗不過母親三番五次的脅迫，只好表面上應允，暗地裡卻在別處另置房產，仍和唐琬生活在一起。此事後來被陸母得知，勒令他與唐琬斷絕關係，活生生拆散了一對佳偶。陸游遵母命娶了新妻，她低眉順眼，很討陸母的喜歡，不久便生了一個兒子，陸母如願抱孫。

唐琬離開陸游後也嫁了人。與李清照悲慘的再婚生活相比，唐琬比較幸運，嫁給了皇族後裔趙士程。趙士程善良敦厚，同情唐琬的遭遇，憐惜唐琬的才華，所以細心地呵護著與唐琬的感情。唐琬在適應新生活的過程中也漸漸對趙士程產生了感情。棒打鴛鴦的悲劇，隨著男女主角各自生活的展開，已經漸漸露出幸福的新芽。但幸福是常有的，意外也是。

也不知命運為何突然颳起一陣邪風，外出遊玩的唐琬夫婦在沈園巧遇同樣出來散心的陸游夫婦。親友間互相寒暄，閒坐敘舊，唐琬依禮為表哥敬酒。陸游看著依然明媚動人的表妹，紅潤的手，溫暖的酒，絲絲柳條勾起無限蕭索心事，想起曾經的山盟海誓，如今的咫尺天涯，但覺春色動人，也撩撥愁緒於無形。陸遊心潮翻滾，提筆寫了一首〈釵頭鳳〉：

紅酥手，黃縢酒，滿城春色宮牆柳。
東風惡，歡情薄，一懷愁緒，幾年離索。錯，錯，錯！
春如舊，人空瘦，淚痕紅浥鮫綃透。
桃花落，閑池閣，山盟雖在，錦書難託。莫，莫，莫！

陸游的詞帶著對往昔美好生活的眷戀，但仔細讀來，卻透著對唐琬如今幸福生活的些許抵觸，也是提醒唐琬自己從未忘情。這聲音很輕很薄，但唐琬能聽得出。萬千心事無從訴，唐琬索性和了一首〈釵頭鳳〉：

世情薄，人情惡，雨送黃昏花易落。
曉風乾，淚痕殘，欲箋心事，獨語斜闌。難，難，難！
人成各，今非昨，病魂常似秋千索。
角聲寒，夜闌珊，怕人尋問，嚥淚裝歡。瞞，瞞，瞞！

唐琬解釋說：自從分開之後，自己並沒有忘記陸游，常常以淚洗面，世情涼薄如水，活得也很艱難。又怕人詢問自己的悲傷，所以只能強顏歡笑，佯裝幸福。兩首〈釵頭鳳〉放在一處，完整地勾勒出陸游與唐琬淒婉絕美的愛情故事。

相較說來，唐琬詞情境更淒涼，情絲更細密。她以「薄」、「惡」與陸游詞呼應，陸詞中雖有滿城愁緒，但到了唐琬手中，「花落」、「淚痕」、「病魂」、「夜闌」、「裝歡」等詞無一不滲透著寂寞與哀婉。尤其是「難」與「瞞」，委婉地寫出了雖衣食無憂仍心事重重的生活，某種程度上也展示了那個時代女子改嫁後的處境與心境。唐琬雖受趙士程呵護，但終究是陸游的休妻。這次陸游的抒情大作又給了她莫大的精神壓力，唐琬終於不堪其累，思慮過度，不久後抑鬱而亡。

彼時的陸游受宋孝宗賞識，賜進士出身，仕途光明，前程似錦。加上本身熱衷政治，勤於政事，又喜歡寫詩作詞感慨民生疾苦、天下興衰，所以活得很是豐富而精彩。陸游當年寫詞只是在春色滿園的時候偶發傷感，唐琬卻用了全部的感情和生命和了首絕命詞。也難怪，面對廣闊的大千世界，屬於陸游的事業很多，而屬於唐琬的世界卻極小，恐怕這也是歷來女人對感情比男人專注且投入的原因。所以，陸游走出沈園後，往事隨風都隨風，半個世紀的光陰轉個身的工夫就不見了。

再回沈園的時候，陸游已年過花甲。沈園裡鶯飛草長，一如往昔，只是沒有了唐琬的身影。陸游想到當年與唐琬的恩愛種種，不覺感慨良多。此後，每來沈園都會寫詩懷舊。

最後一首「沈園情詩」寫於陸游八十五歲那年的春天。那年的陸游暫居沈園，往事撲面而來，記憶清晰而鮮活。他提筆寫道：「沈家園裡花如錦，半是當年識放翁。也信美人終作土，不堪幽夢太匆匆。」不久後，陸游溘然長逝。關於他和唐琬的愛情傳說，便隨著兩首〈釵頭鳳〉流傳至今。

值得一提的是，〈釵頭鳳〉詞牌是由〈擷芳詞〉中的句子化來：「都如夢，何曾共，可憐孤似釵頭鳳。」往事如夢，未能偕老，似乎正暗合了陸游和唐琬中道分離的經歷。另有傳說，陸游當年與唐琬相愛時，曾以傳家寶「鳳釵」作為定情物送給表妹。看來，因「釵」成讖是他們此生躲不掉的命運了！

才豐運蹇，造化弄人——張玉娘

礙於古代社會人際交往的限制，絕大部分青年男女都是在新婚當天才見到對方的。由於缺乏相互瞭解，婚後生活通常並不幸福。但社交的隔閡倒也催生出一種特殊的婚戀模式，就是近親結婚。主要原因是親戚間走動頻繁，行動自由，方便少年男女建立信任和依賴。近水樓臺，等到彼此成熟，又經青春風雨的洗禮，便能長成茁壯的「情有獨鍾」。陸游、納蘭性德等都屬於此類型，簡言之就是：「表哥表妹，天生一對！」除上述才子外，南宋末年的才女張玉娘也屬於這種戀愛風格。

張玉娘生於西元一二五〇年，字若瓊，自幼聰慧絕倫，飽讀詩書，擅文墨尤擅詩詞，傳說才學震驚一方，時人讚其「才比班昭」。且深得父母寵愛，被視為掌上明珠。平日裡懷春悲秋，寫詩填詞打發寂寞青春，身邊的侍女「紫娥」與「霜娥」也都才貌雙全，既是丫鬟又是閨蜜，跟其他官宦人家小姐的生活並無二致。有意思的是，張玉娘養了一隻鸂鶒，跟兩個侍女合稱「閨房三清」。

當然，做為大家閨秀幸福生活的標配，玉娘還有個自幼訂親的表哥，二人情意綿綿互贈信物，只待成年便可完婚。對張玉娘來說，家境、良緣，甚至才華，很多同時代女子萬難具備的條件，她卻毫不費力地就持有了。幸福的未來，完美的婚姻，幾乎觸手可及。

最先出現問題的是表哥沈佺。沈佺是宋徽宗時狀元沈晦的七世孫，與玉娘同年同月同日生，一處長大，兩情相悅，本極為登對。但後來沈佺家道中落，日漸貧窮，玉娘父母就有了悔婚的意思。可張玉娘不願悔婚，所以僵持了一段時間後，父母做出讓步，對沈佺提出新的要求：「欲為佳婿，必待乘龍。」等於說娶妻可以，但必須先求功名。沈佺本無心名利，宋朝的大幕已徐徐落下，連年的戰火讓很多人逃生尚且來不及，哪有心思去趕考呢？

但是沒辦法，無論什麼年代，丈母娘的剛性需求都是推動社會發展與個人進步的強大壓力。為了抱得美人歸，沈佺只好收拾行裝，暫別玉娘，隨父進京趕考。

離別之際，玉娘百般不捨，拿出了自己的私房錢偷偷資助窘困的沈佺，含淚寫下情詩送給表哥：

把酒上河梁，送君灞陵道。去去不復返，古道生秋草。
迢遞山河長，縹緲音書杳。愁結雨冥冥，情深天浩浩。
人云松菊荒，不言桃李好。澹泊羅衣裳，容顏萎枯槁。
不見鏡中人，愁向鏡中老。（〈古離別〉）

這首詩從送別開始寫起，綿綿古道，寸寸秋草，山河遠，書信少。松菊桃李都是愛的見證，此後的玉娘淡妝素衣，一心等待表哥衣錦還鄉。最後一句「不見鏡中人，愁向鏡中老」，既表達了愁雲慘澹的相思歲月對容顏的摧殘，也害怕時光流去表哥回來後已認不出衰老的自己。全詩用詞清淡質樸，情深詞淺，頗有上古風韻。可見，張玉娘雖以詞著稱，但寫詩的功力也是非同尋常。尤其是沈佺趕考期間，她寫的幾首愛情詩，都保持著較高的水準。其中最著名的便是〈山之高〉：

山之高，月出小。月之小，何皎皎！我有所思在遠道。一日不見兮，我心悄悄。

這首古詩用「山高」、「月小」、「心悄悄」等最古樸簡單的意境，寫出了頗具《詩經》味道的情詩，像上古遺落的一株野草，像天高雲闊間一輪清輝，令人既能讀出漢字的韻律美，又能從中品咂出如泥土般清新淡雅的基調。最後「悄悄」二字更是將甜美與嬌羞不著痕跡地化入全詩，一如玉娘的相思。

另有一首「汝心金石堅，我操冰雪潔。擬結百歲盟，忽成一朝別。朝雲暮雨心來去，千里相思共明月」，也是情詩中的佳作。

而這樣的情誼對正在備考的沈佺確是莫大的鼓勵。沈佺其人風度翩翩，清逸俊雅，滿腹詩書。他此番應考對答如流又不落窠臼，以「奇才」之名轟動京城，一路順暢，直通殿試，高中榜眼。就在王子與公主即將過上幸福生活的時候，也許是好運來得太快，厄運竟然也隨之而來。在玉娘收到沈佺金榜題名的消息，剛剛邁上幸福巔峰時，一切都開始走下坡路，並以最快的速度往最壞的方向滑去。

高中後的沈佺正準備回去和玉娘團聚，不幸竟染上傷寒。苦熬的相思遇上突襲的重症，竟然沉痾難癒，眼見著病入膏肓了。玉娘寫信安慰他，說：「生不偶於君，死願以同穴也。」沈佺看後，心念哀慟，強撐病體給玉娘回詩：「隔水度仙妃，清絕雪爭飛。嬌花羞素質，秋月見寒輝。高情春不染，心鏡塵難依。何當飲雲液，共跨雙鸞歸。」沈佺恐怕自己此生再難與玉娘團聚，於是懇求返鄉，想與心上人見最後一面。

西元一二七一年，二十二歲的沈佺不幸病逝，死在了日夜兼程趕回松陽的路上。沈佺死後，張玉娘終日以淚洗面，悲不自勝。父母愛惜女兒青春年華，苦勸另擇佳婿，無奈玉娘抵死不從。「妾所未亡者，為有二親耳」，如果不是雙親尚在，自己本應隨沈佺殉情，如今苟且存世，也絕不會另嫁他人。父母無奈，不敢再提。張玉娘寫過兩首〈哭沈生〉，言詞哀慟，難以自持。

詞學大家唐圭璋曾在《宋代女詞人張玉娘》一文中表達了對其深切的同情：「我們覺得她短促的身世，比李易安、朱淑貞更為悲慘。李易安是悼念伉儷，朱淑貞是哀傷所遇，而她則是有情人不能成眷屬，含恨千古。」

就這樣失魂落魄地過了五年後，張玉娘的生活終於發生了變化。那是西元一二七六年元宵節的夜晚，男女老少到街上賞燈遊玩，花燈彩帶熱鬧非凡。玉娘的父母勸她出去散心，她不肯，只願獨自留在家中清靜。「月上柳梢頭，人約黃昏後。」「驀然回首，那人卻在燈火闌珊處。」……多少爛漫情懷，伴著年輕姑娘的盈盈笑語，細細情話，都在這樣的夜裡紛紛綻放。但熱鬧是別人的，玉娘什麼也沒有。她提起筆來，蘸著多年的相思，寫下了堪稱絕唱的〈漢宮春〉（元夕用京仲遠韻）：

玉兔光回，看瓊流河漢，冷浸樓臺。正是歌傳花市，雲靜天街。蘭煤沉水，澈金蓮、影暈香埃。絕勝似，三千綽約，共將月下歸來。

多是春風有意，把一年好景，先與安排。何人輕馳寶馬，爛醉金罍。衣裳雅澹，擁神仙、花外徘徊。獨怪我、繡羅簾鎖，年年憔悴裙釵。

這首詞裡，張玉娘將他人的歡樂與自己的悲苦做了鮮明的對比。年輕的女人安排的是幸福的暢飲，是花間的徘徊。再看自己，人未老，心已衰，年年憔悴裙釵。青春尚未落幕，生活盡是愁苦。

據說當天晚上，玉娘寫完此詩後昏昏沉沉地入夢，夢到沈佺跟她道別，說玉娘妳很是自重，沒有背叛我們的誓言。玉娘指著燭影發誓說自己永不變心，結果沈佺一轉身便消失不見，玉娘一急從夢中醒了過來。此後，竟自生病，不久即亡。當然也有人說，玉娘未病，但從此心如死灰，故絕食而亡，年僅二十七歲。

張玉娘父母知她是因沈佺而死，於是和沈家商議，將二人合葬在城旁的楓林，以滿足他們「死後同穴」的願望。玉娘的兩個侍女也是性情中人，霜娥竟憂傷而死，紫娥也不肯獨活，上吊自盡以殉主僕之情。更奇的是，紫娥死後的第二天早上，玉娘養的鸚鵡竟然也悲鳴而死。張家索性將「閨房三清」陪葬在玉娘和沈佺的墓旁，讓他們主僕日夜相依，再續前情。從此，這裡成為松陽古城著名的「鸚鵡塚」。

張玉娘生前著有《蘭雪集》兩卷，詞學成就頗高，與李清照、朱淑真、吳淑姬並稱為「宋代四大女詞人」。但與其他三位相比，她一生短暫，情路艱辛，猶如「松陽版梁祝」，真是百般滋味盡是苦澀。

唯一令人欣慰的是，沈家後人世代相傳，精心地守護著埋葬玉娘和沈佺的「鸚鵡塚」。守著最初的愛情，守著最後的承諾，也算是對玉娘最好的交代吧。

第三章

擁擠的青樓

一代名妓的前世今生——琴操

經濟的發展、政局的穩定，以及思想的自由與解放，促使宋朝娛樂業空前發達。尤其是北宋末年，在宋徽宗身先士卒率先垂範的大力帶領下，青樓業的繁榮再創新高。上自皇帝學士，下至販夫走卒，都跟秦樓楚館有著千絲萬縷的連繫。而在名妓李師師橫空出世之前，北宋青樓業的領軍人物，便是傳說中清麗脫俗、才貌雙全、堪稱整個娛樂圈當家花旦的歌妓——琴操。

琴操生於西元一〇七四年前後的一個官宦之家，少時被抄家，父母相繼亡故，無以為生，落入青樓。因為小時候讀過很多詩文，受過良好的啟蒙教育，所以她有一定的文學基礎，加上喜歡撫琴，所以雖落風塵，但氣度不減，還為自己取了個志存高遠的藝名——琴操。宋代很多文人頗喜歡在煙花柳巷廝混，所以這位有點詩意又頗為失意的琴操姑娘所散發出來的文藝氣質，很快就得到了文娛圈內的好評。吟風弄月、填詞作曲，西湖一帶，無人不知琴操之名。

俗話說：出名難，出大名更難。琴操在西湖揚名，只能算剛剛在娛樂圈站穩了腳跟，要想成為更紅的明星，她還需要將自己的形象更深地植入到廣大人民群眾的腦海中，尤其是舞文弄墨的男同胞。老天眷顧，機遇很快就來臨了。

有一天，某官吏暢遊西湖，覺得縱情山水非常愜意，便乘興吟唱起秦少游的〈滿庭芳〉：「山抹微雲，天連衰草，畫角聲斷斜陽……」琴操一聽，心裡一驚：「這人好沒文化，明明應該是『畫角聲斷樵門』才對。」但琴操情商極高，雖看出此人水準不佳，但臉上仍是不動聲色，淡淡笑說：「錯得好，雖然詞句錯了，但詞的意境反而推進了。」本以為就此打住，沒想到這位大人智商和情商都低到無下限，竟然誤以為琴操真的是在誇他，於是一臉得色，高興地抱拳：「久聞姑娘才華不讓鬚眉，既然錯了，姑娘能否用這個韻，填一首新詞呢？」琴操一想，全詞都用陽韻來改，改動不大，但難度很高。略一思考，覺得倒也可以試試。於是，慢慢提筆——

山抹微雲，天連衰草，畫角聲斷斜陽。暫停征轡，聊共飲離觴。多少蓬萊舊侶，頻回首、煙靄茫茫。孤村裡，寒鴉萬點，流水繞紅牆。
魂傷，當此際，輕分羅帶，暗解香囊，謾贏得、青樓薄倖名狂。此去何時見也，襟袖上、空有餘香。傷心處，高城望斷，燈火已昏黃。

寫罷，琴操嫣然一笑，輕輕擱筆，請大家來看。圍觀群眾紛紛上來觀賞，集體大呼「妙極」。至此，「琴操改韻」之事便登上了文娛圈的頭版頭條，並在很長一段時間裡成為有錢有閒有文化的知識階層的熱門話題，瘋傳不休。

很快，這事兒就被蘇東坡知道了。大學士其人活潑風趣，機智幽默，沒事兒就喜歡跟大家談儒論道，心情好的時候還喜歡跟佛印和尚開開玩笑。他知道了琴操的故事後，便想見識下這位名噪一時的歌妓。

蘇東坡一見琴操，粉面似雪，秀髮如墨，在這美如西子的西湖上，琴操的明豔動人、婉轉清秀，讓蘇東坡一見傾心。而蘇東坡的風流倜儻，浪漫多情，自然也令琴操生出無窮愛慕。二人泛舟於西湖，水波蕩漾，清風習習，或品茗，或撫琴，將無盡的語言和默契都融化在了這湖光山色之中。

蘇東坡生性瀟灑，在這樣的人間仙境裡，心裡真是充滿了無窮的快意。但他畢竟深諳人世艱辛，每見琴操談吐不俗、舉止清雅，心中便升騰起數不盡的憐愛。他知道琴操頗通佛理，於是，便以參禪為由，試探琴操。

那天的西湖依然淡妝濃抹，那天的琴操依然人淡如菊。蘇東坡對琴操說：「我來做長老，妳來參禪。妳先說說：『何謂湖中景？』」琴操答道：「落霞與孤鶩齊飛，秋水共長天一色。」蘇軾接著又問：「何謂景中人？」琴操應道：「裙拖六幅湘江水，鬟挽巫山一段雲。」蘇軾問：「何謂人中意？」琴操笑道：「隨他楊學士，鱉殺鮑參軍。」蘇東坡由景及人再談人的才華，從實實在在的環境，談到內心深處的感悟。如果蘇東坡一上來就說妳便是才比楊鮑，那麼人生又能怎麼樣呢？琴操才貌雙全，正是西湖風頭無兩的名妓，肯定心裡不服氣。但蘇東坡這些問題的設置環環相扣，不經意間便把琴操存在的價值和意義引向了虛無。與浩渺宇宙相比，短暫人生來來去去，本也不算什麼。所以，琴操竟然被後面一句：「如此究竟如何？」給問住了，半晌無言，靜默無語。蘇軾看她無言以對，索性說道：「門前冷落車馬稀，老大嫁作商人婦。」意思是，妳如今再風光耀眼，才情縱橫，最後的結局可能跟其他妓女也沒什麼分別。相傳，琴操聽後登時大悟，涕淚長流，決定削髮為尼，遂盈盈起身，拜別蘇東坡，唱了首詞：

謝學士，醒黃粱，門前冷落稀車馬，世事升沉夢一場。說什麼鸞歌鳳舞，說什麼翠羽明璫，到後來兩鬢盡蒼蒼。

只剩得風流孽債，空使我兩淚汪汪。我也不願苦從良，我也不願樂從良，從今念佛往西方。

蘇軾見機緣成熟，琴操也願意塵埃落定，於是就歡歡喜喜地領著她去出家。庵主一看，鼎鼎大名的蘇東坡，竟領著一個如花似玉的姑娘來出家，這姑娘眉目清秀，神情淡雅，便知慧根深種，欣然接引琴操邁入佛門。

出家後，琴操用藝名的諧音為自己取了個法名，叫「勤超」，開始閉門謝客，勤奮鑽研佛法。因她少時早已從風月場看透人世悲涼，所以很快就頓悟了。花紅柳綠的一代名妓，從此便青燈古佛，輾轉於塵外謝幕。

相傳，琴操在玲瓏山修行時，蘇東坡偶爾來拜訪，少不了談禪悟道。琴操偶爾也有佳作，但遺世的只有一首〈卜運算元〉：

欲整別離情，怯對尊中酒。野梵幽幽石上飄，搴落樓頭柳。

不繫黃金綬，粉黛愁成垢。春風三月有時闌，遮不盡，梨花醜。

蘇東坡拜訪期間曾表達自己送琴操出家的悔意，甚至多次勸她還俗回杭州。但琴操心意已決，誓不返紅塵。幾年之後，年僅二十四歲的琴操撒手人寰。時過境遷，如今看琴操的那首〈滿庭芳〉，仍是筆法深厚的佳作。她對詞境的揣摩、音樂的錘鍊、語言的駕馭，都達到了相當不錯的水準，若不是平日用功苦學，以那樣的年紀很難在倉促之間將詞改得如此通暢。

據說琴操辭世時，正是蘇東坡「烏臺事件」爆發，被貶黃州之際。蘇軾聽聞琴操死訊，老淚縱橫，深情款款，不斷說著一句「是我害了妳」。東坡後來幾次借酒消愁，醉了之後竟然就睡在玲瓏山下，想琴操出家雖是機緣，但畢竟是自己促成。世間缺了位絕色佳麗，自己少了個紅粉知己，長夜靜寂，無邊落寞，萬千遺憾。

琴操的傳奇人生雖然一波三折，但由於離世較早，所以關於她的記載並不多。民國年間，潘光旦、林語堂和郁達夫三位才子同遊玲瓏山，他們曾翻遍臨安縣誌，都找不到關於琴操的蛛絲馬跡。這樣一位綽約佳人，竟被風塵埋沒得毫無蹤影了。此事惹得三人大怒，郁達夫更在玲瓏山琴操墓前寫下四行詩，表示抗議：「山既玲瓏水亦清，東坡曾此訪雲英。如何八卷臨安志，不記琴操一段情。」

好在，因為蘇東坡的緣故，因為郁達夫的題詩，琴操的故事還是婉轉地流傳下來，在那些筆記小說中，在千年來飄香的文墨裡……

從娼門歌女到豪門貴婦——嚴蕊

西元一一八二年，中國古代著名文學家、哲學家、道學家朱熹，做為巡察官，被皇帝派到浙東一帶視察。朱先生是一位心地溫暖的父母官，他關懷百姓，體恤民情，很得當地群眾的信賴。於是，很多膽子大的群眾就悄悄向這位紀長官匿名檢舉了當地官員唐仲友的惡劣事蹟。朱熹接到消息後，立刻開始了漫長的取證調查工作。不查不知道，一查嚇一跳。原來，唐仲友貪汙受賄、欺行霸市、盤剝百姓、為非作歹……置國法民生於不顧，基本囊括了歷來貪官汙吏的通病。朱熹非常生氣，火速成立專案小組，擬好彈劾唐仲友的議案，迅速上報皇帝。唐仲友不服，上書自辯。接下來的兩個月間，朱熹為了彈劾唐仲友，一口氣連續給皇帝上了六份奏摺。人們私下裡議論，秉持理學的朱熹與信仰蘇軾蜀學的唐仲友，一直都有罅隙……

正當流言蜚語滿天飛的時候，朱熹突然從唐仲友雜亂無章的罪狀裡看到勝算的痕跡：嫖娼宿妓。從古至今，貪汙腐敗和嫖娼賭博似乎都是緊密相連的。朱熹覺得既然沒法從經濟問題上扳倒唐仲友，不如就從生活作風問題入手，「有礙風化」基本是一抓就靈。於是，朱熹一拍驚堂木，傳令下去，帶人犯嚴蕊。

嚴蕊，字幼芳，據說原本姓周，是南宋中期江南一代的名妓。宋人周密在《齊東野語》裡稱讚她「善琴弈、歌舞、絲竹、書畫，色藝冠一時。間作詩詞，有新語。頗通古今」。可見，嚴蕊不但具備琴棋書畫等妓女必備的職業技能，還在歷史文學等領域，擁有良好的人文素養，所以很多人長途跋涉，慕名而來。而當地官員也乘近水樓臺之便經常邀請嚴蕊出席宴會，歌之詞之，舞之蹈之。你來我往中，唐仲友和嚴蕊的關係也漸漸密切起來。

據說某次宴會上，嚴蕊當場作了一首詞試探唐仲友：

道是梨花不是。道是杏花不是。白白與紅紅，別是東風情味。曾記，曾記，人在武陵微醉。

這首〈如夢令〉落筆空靈飄逸，自然雅靜。先說不是梨花，也不是杏花，但顏色在紅白之間，點出了花色的柔美，花間的情味。最後一句說，武陵微醉，不僅令人聯想到陶淵明筆下「武陵人的桃花源」。同時，宋詞有以「桃源」代指妓女居處的習慣，所以這「醉桃源」既是女詞人身分和經歷的暗示，也是嚴蕊追求理想生活的隱喻，更是對唐仲友能否幫嚴蕊從良的一次探詢。小詞雖談桃花，卻不著一「桃」字，實為詠物詞中的上品。但唐仲友聽後，似乎並未對此有所回應。婚戀這事本就要你情我願，加上嚴蕊青樓歌妓這一特殊身分，所以唐仲友沒有接受也在情理之中。

但朱熹不這樣認為，朱熹覺得嚴蕊這樣風姿綽約的歌妓，很容易讓男人把持不住，所以他據此斷定，唐仲友雖表面冷淡，實則早與嚴蕊有姦情，這在當時社會是比較嚴重的指證。宋朝青樓業雖然非常發達，但制度也非常嚴格，妓女們因功能不同，分工非常明確，有歌妓、舞妓、官妓、家妓、私妓等區別。而官妓，屬於可以「歌舞」但不能「侍寢」的範疇。朱熹認為唐仲友不但讓嚴蕊「歌舞佐酒」，而且令她「私侍枕席」。言外之意，唐仲友利用手中職權便利，把嚴蕊給潛規則了。

朱熹提審嚴蕊，就是想嚇唬一下嚴蕊，希望她在庭審的時候能夠供出與唐仲友的姦情，如果能順便查出唐仲友其他方面的問題，那就再好不過了。朱熹一拍驚堂木：「嚴蕊，妳跟唐仲友的事情還不速速招來！」嚴蕊疑惑地說：「唐大人和我清清白白，實在沒什麼瓜葛。」朱熹大怒：「給我打，重重地打！」自古以來，嚴刑逼供屈打成招這種事經常發生，朱熹考慮到嚴蕊不過是個沒見過什麼世面的歌妓，自己威懾一下，動動刑，應該也能見到效果。不料，這個嚴蕊不知哪裡來的骨氣，不管怎麼打，一口咬定「跟唐仲友毫無關係」。結果前後僵持了兩個月，依然是：朱熹屢次用刑，嚴蕊抵死不招。

外面的傳言越來越多，說嚴蕊被關在牢裡，獄卒憐惜她一介弱質女流，且「兩月間，（嚴蕊）一再受杖，委頓幾死」，便勸她，就算是招了妳和唐大人的事情，你們兩個也都罪不至死。但嚴蕊正色道：「我雖落入風塵，本身已無清白可言，但絕對不能反誣別人的清白。」言外之意，即便打死，我也不會誣賴唐大人。獄卒聽後，為之震撼。

消息不脛而走，市井民間紛紛為嚴蕊的人格點讚，很多人由淡淡的愛慕轉為深深的敬佩。而朱熹的人品此時不免添了很多差評，甚至連皇帝都因此不悅。皇帝派朱熹體察民情，本想樹立一下自己的光輝形象，結果朱熹支援地方兩個月，毫無政績不說，還跟個妓女較勁，鬧得滿城風雨，打得雞犬不寧，搞得宋孝宗很沒面子。加上此時朝中也有支持唐仲友的人，不斷給皇帝吹風，說朱熹和唐仲友就是「程學」和「蜀學」的矛盾，說到底，不過是「秀才爭閒氣」！皇帝一聽更不悅了，朱熹你辦不明白趕緊回來吧，於是責令岳飛的後代岳霖前去代辦此案。

岳霖一看，這嚴蕊已經被打得奄奄一息，再打就要出人命了，心裡不由得埋怨起朱熹來。不管為了弘正氣還是爭閒氣，兩個朝廷命官間的正事兒沒解決結果打死了一個妓女，這傳出去好說不好聽啊。所以岳霖打定主意，嚴蕊斷不能死在自己手裡。輪到提審時，岳霖慈眉善目地笑著，溫言軟語地勸慰嚴蕊：「姑娘妳別怕，妳不是說冤枉嗎？聽說妳文學水準很高，妳願意當庭寫首詞，申訴一下自己的冤情嗎？」嚴蕊一看，這位官爺氣定神閒，和藹可親，說不定自己的冤情真能洗清呢。想到自己身世淒涼，近日苦楚，要不是落在娼門，何至連辯駁的機會都沒有？心中的委屈，身上的傷痛，化作眼中點點淚光，於是她緩緩陳述：

不是愛風塵，似被前緣誤。花落花開自有時，總賴東君主。
去也終須去，住也如何住！若得山花插滿頭，莫問奴歸處。

嚴蕊的這首〈卜運算元〉，上闋寫自己淪落風塵，俯仰隨人，命運上完全無法自主的悲哀。「花開花落」固然是對宿命的嘆息，「總賴東君」還是要看官爺您是否願意解救我於水火。這份迷茫與惶惑，寄託與期待，再加上遍體鱗傷的柔弱，實在是楚楚動人，惹人憐愛。

下闋起筆，承接了上闋花開花落的命運，去的終究要去，留的卻不知道該如何留。如果能選擇自己的生活，嚴蕊說，自己寧願做個「山花插滿頭」的普通農婦，棲身靜謐田園之內，歌舞歡場之外。全詞意境清雅，陳述了委屈，點明了理想，含蓄委婉卻又不卑不亢，詞風清朗俊秀，讓人過目不忘。岳霖聽後非常震動，不但當庭釋放了嚴蕊，而且削去了她的妓女籍。

嚴蕊從良後嫁人，據說家境不錯，老公納了她之後再沒續妾，二人感情很好，嚴蕊也頗得寵。在許多風塵女子的傳奇故事結尾，歸宿大抵是嫁了個窮書生，先是山盟海誓，再是金榜題名，最後是幸福地奔走在通往小康的大路上。而宋代的名妓，似乎打破了這一常規。北宋的琴操皈依佛門，南宋的嚴蕊嫁入豪門，雖模式新穎，但對於滾滾紅塵中人來說，也算都得了善終。

嚴蕊一生，除了那些輕柔婉轉的詩詞，並沒留下任何豪言壯語。先不管她與唐仲友到底關係如何，單是其身處逆境，卻設法保全他人之心，便值得後世人敬佩不已。因著這份義氣，即便嚴蕊不會飛簷走壁，也算得上當之無愧的「俠女」！

至於朱熹和唐仲友孰是孰非，那就是另外的故事了……

柔若無骨，內心強大——李師師

李師師出道前的身世，大致是這樣的：父母早喪，她四歲左右便落入娼籍，被青樓收養培育，調教成當紅頭牌，風頭一時無兩。相傳，李師師小時候從不啼哭，只是有天被抱入佛門，庵裡的尼姑看她長得聰明伶俐，順手摸了一下她的頭，結果她放聲大哭。老尼姑知她慧根深種，於是為她取名「李師師」。

李師師花容月貌，冰肌玉骨，自出道開始便擁有龐大的粉絲群，慕名而來的客人絡繹不絕，長期穩定地支持著自己的「偶像」。所以，李師師能夠名動當時名垂千古，也正是依靠了粉絲的巨大力量。在海量的粉絲中，有一個人身分貴重地位特殊，每每出場都能將李師師從別的男人手裡搶過來，這個人就是北宋末年的至尊皇帝宋徽宗。

宋徽宗第一次蒞臨青樓視察民情時，陪伴在身邊的便是國家隊著名的足球運動員高俅。高俅在聽說了李師師的豔名後，就開始慫恿宋徽宗前去體察民間疾苦，並發誓絕不會走漏半點消息。宋徽宗雖貴為國君，但對女人的垂涎跟普通男人沒什麼分別。於是，喬裝一番便來到了青樓。不巧，來的時候，李師師剛好在休息，聽說有貴客到，便懶洋洋地準備出來見客。但是，美女通常都比較在乎美貌，尤其是在美女如新鮮韭菜般一茬茬成長與收割的青樓裡，若要保持自己的客流量，務必要注意保養。李師師想到這兒決定去洗一個澡，按照國際慣例，女人遲到尤其是美女遲到，也算不上什麼大事。

此時的宋徽宗如坐針氈，心如鹿撞，又急又悔。等得多少有些不耐煩，怕被別人發現自己的身分，但李師師欲擒故縱擺足架子，完全不把來客放在心上的姿態，讓宋徽宗又不捨得離開，他必要一睹芳容才甘休。正思量處，忽然聽到簾子底下，有人低低問旁邊的人：「客人走了嗎？」據傳，李師師的聲音甜如蜜水，加上沐浴後神清氣爽心情大悅，故語氣輕柔和緩，登時就把宋徽宗的心給融化了。門簾一挑，只見李師師清雅秀麗，雲鬢半偏，肌膚勝雪，出浴的美人猶如出水的蓮花，清幽雅致，淡香徐徐。雖身在青樓，卻難得的飄逸脫俗。後宮佳麗三千，個個都是為了討好皇帝，亦步亦趨，哪有李師師這般的自在與從容？宋徽宗一時忘情，竟看得呆了。

那李師師也是冰雪聰明，見宋徽宗風流倜儻，儒雅俊秀，也很歡喜。又見高俅陪在旁邊鞠躬盡瘁唯命是從，心裡便有了幾分主意，知道此客不得怠慢，要細心服侍。有道是：金風玉露一相逢，便勝卻人間無數。李師師名不虛傳，惹得宋徽宗流連忘返，如痴如醉，遲遲不肯離開。直到第二天早朝時分方才慌忙起身，並解下腰帶贈給李師師。

李師師待客人走後才下床來看昨夜客人贈送的詞（〈醉春風〉），看罷心裡一驚，這字不是著名的「瘦金體」嗎？原來昨夜來的真是宋徽宗。讓李師師更為吃驚的是，皇帝不但來逛青樓還成了自己的常客。甚至有傳聞說皇帝開鑿了一條暗道，從宮門外一直通到青樓，直通李師師的閨房，好方便他與李師師私會。

翻開史書，但凡貪戀美色的國君幾乎都沒什麼好下場。周幽王為博褒姒一笑烽火戲諸侯，亡國；商紂王寵幸妲己眾叛親離，亡國；就連年輕時曾英明神武的唐明皇也因寵愛楊貴妃，差點把江山給丟了。輪到小小的宋徽宗，又豈能逃得出這樣的魔咒？身為一國之君，他能為嫖妓不惜一切代價，可見當時的腐敗已經非常嚴重，亡國之事不過朝夕之間。

有人說李師師得到宋徽宗的垂愛，甚至一度被封為「明妃」。但李師師不喜歡宮裡的生活，也不在乎名利地位，所以乾脆不做明妃了，繼續在青樓裡做自己的「當家花旦」。果真如此，她當算是中國妓女史上的「異數」了。

其一，李師師擁有自由獨立的個性。她不像一般妓女那樣愛哭愛鬧彆扭，而是安之若素，甚至還有點甘之如飴。她不奢求生活，也不冷落生活，她只享受生活。縱觀歷代名妓，無論是才華蓋世的柳如是、精明能幹的顧橫波，還是豔若天人的陳圓圓、勇敢私奔的紅拂女……她們最終渴望的都是一個歸宿。她們以穩定的婚姻為終點，畢生所求都是嫁入尋常百姓家。而李師師，不以男人為依靠，不以婚姻為歸宿，不以改變命運為己任。哪怕來的是皇帝，她照樣敢表達自己的好惡。

據說有一次，周邦彥撞見宋徽宗前來嫖妓，於是寫了一首酸溜溜的〈少年遊〉，有些吃皇帝飛醋的意思。宋徽宗一怒之下，將周邦彥貶官。孰料，那李師師生得柔若無骨，內心卻強大無比。周邦彥被貶官連朋友都不敢相送，她自己卻出城相送，撇下宋徽宗在她的房間裡苦等。等送走了周邦彥回來，還給宋徽宗唱周邦彥的曲子〈蘭陵王〉（越調柳）：

柳陰直，煙裡絲絲弄碧。隋堤上，曾見幾番，拂水飄綿送行色。登臨望故國，誰識、京華倦客。長亭路，年去歲來，應折柔條過千尺。

閒尋舊蹤跡，又酒趁哀弦，燈照離席。梨花榆火催寒食[6]。愁一箭風快，半篙波暖，回頭迢遞便數驛。望人在天北。

悽惻，恨堆積。漸別浦縈迴，津堠岑寂。斜陽冉冉春無極。念月榭攜手，露橋聞笛。沉思前事，似夢裡，淚暗滴。

宋徽宗冷靜下來，覺得自己確實有點過分，第二天就召周邦彥回京了。不僅如此，還封官大晟府樂正，開始經常和周邦彥一起填詞作曲。周邦彥從此也安心創作各種香軟甜膩的詞，粉飾太平，歌功頌德，成為宮廷體奢靡浮華風的代表詞人。可以說，沒有李師師的撮合，就沒有宋徽宗和周邦彥良性互動的君臣情誼。

李師師的跨界整合能力應當說是她身上第二個獨特的魅力。自古以來，青樓常常被看成藏汙納垢之處，為道學家們所不齒。但在宋代，隨著經濟的高度繁榮與發展，人們的思想意識相對也比較自由開放。所以大量有識有智的權貴階層便不以在青樓尋歡作樂為恥，甚至還樂於為歌妓寫詞來捧紅這些姑娘，同時也希望自己的詞能通過被傳唱變得更為流行。基於這樣的情態，李師師這種青樓裡頂尖奢華級的女人，便成了男人們爭相寵愛的對象。

上有國家最高統治者宋徽宗，中有宮廷詞代表人物周邦彥、大學士秦觀秦少游，再往下排，有山寨草寇流氓頭子宋江，還有江湖兒女燕青，他們都曾為李師師填詞獻禮。

遠山眉黛長，細柳腰肢嫋。妝罷立春風，一笑千金少。
歸去鳳城時，說與青樓道。遍看潁川花，不似師師好。（晏幾道〈生查子〉）

天南地北，問乾坤何處，可容狂客？借得山東煙水寨，來買鳳城春色。翠袖圍香，絳綃籠雪，一笑千金值。神仙體態，薄倖如何消得？
想蘆葉灘頭，蓼花汀畔，皓月空凝碧。六六雁行連八九，只待金雞消息。義膽包天，忠肝蓋地，四海無人識。閒愁萬種，醉鄉一夜頭白。（宋江〈念奴嬌〉）

6 寒食：寒食節，每年冬至後的一百零五日，約在清明節前一二日。也稱為「冷節」、「龍歌節」。

就是這樣一座小小的青樓，融合了宋徽宗的官方文化、秦觀等人的精英文化，還有宋江等人的民間俠盜文化。在那個時代，李師師幾乎整合了當時社會上她所能接觸到的各階層最優秀的人脈。如果放在這個時代，她絕對可以算得上是公關界的翹楚。其「客戶」涉及面之廣，波及範圍之大，後世影響之深遠，堪稱「業界絕唱」。

李師師雖然生時頗受關注，但結局卻眾說紛紜。有說金國來犯，她散盡家財支援抗金，北宋滅亡後她便出家為尼；也有說國破後，她嫁人避禍從此不問世事；更有傳言，說她被掠到金國軍隊中，不忍受辱，吞金殉國。種種傳說，皆無所憑。可見，再國色天香的美女，也只能是繁華盛世的點綴，業餘生活的陪襯。而李師師也如一面剔透的稜鏡，折射出了北宋最後的絢爛與敗落。

彩虹易散琉璃碎，世間好物不牢堅。李師師如此，曾經歌舞昇平的北宋其實也一樣。

香豔詞，純淨心——秦觀

秦觀，字少游，號淮海居士，是北宋中後期著名詞人，也是大學士蘇東坡的好朋友。他此生共存詩詞四百餘首，約四分之一都是豔詞，也就是寫給青樓女子的詞，所以作家錢鍾書戲稱這些是「公然走私的愛情」。

但這並不能抹殺秦觀的詞學成就和獨特價值。畢竟，詞的源流本就是歌舞筵席上女孩子們所唱的歌曲，婉約動人、溫柔多情很自然地成了詞學發展的主流。秦觀的獨特之處，在於雖是言情，卻寫得平淡雅致，分外動人。比如最為著名的〈鵲橋仙〉：

纖雲弄巧，飛星傳恨，銀漢迢迢暗度。金風玉露一相逢，便勝卻人間無數。

柔情似水，佳期如夢，忍顧鵲橋歸路。兩情若是久長時，又豈在朝朝暮暮！

這首詞的大意是：纖柔的雲彩在天空變幻出美麗的圖案，但是擁有這樣靈巧手藝的織女卻不能與心愛的人在一起。只有在這樣美好又難得的七夕，他們才能悄悄渡過遙遠的銀河，來到彼此身邊。久別重逢的喜悅，勝過人間無數貌合神離的夫妻。柔情蜜意，纏綿如水，正是難分難捨之時，發現相聚的佳期竟然像夢一樣短暫。說是忍顧鵲橋，其實是不忍分別。走筆至此，本是含淚分手之遺憾，秦觀卻筆鋒一轉，忽然誦出了古今愛情之絕唱：兩個人若是彼此相愛至死不渝，又何必奢求朝朝暮暮的庸俗相伴呢？

秦觀的這首詞，語言上自然流暢通俗易懂，感情上又含蓄深沉餘味無窮。最重要的是，他為時人與後人提供了對愛情的全新闡釋，亦即不但在意境上令愛情格局更闊達深遠，而且將精神戀愛提升到前所未有的高度。所以，馮煦在《蒿庵論詞》中說：「淮海、小山，真古之傷心人也。其淡語皆有味，淺語皆有致，求之兩宋詞人，實罕其匹。」這是馮煦對秦觀和晏幾道的稱讚，語言平淡卻意味深遠，措辭淺白又情致深婉，縱觀兩宋詞人，幾乎無人能與他們比肩。

用簡單平白的語言敘述複雜的感情，似乎一直是秦觀的獨特之處。婉約詞中，雖然晏幾道和秦觀都是抒情行家，但晏幾道的抒情場面色彩濃烈，「彩袖殷勤捧玉鐘，當年拚卻醉顏紅」；秦觀的抒情則多是輕寒漠漠淡煙流水。

倚危亭，恨如芳草，萋萋剗盡還生。念柳外青驄別後，水邊紅袂分時，愴然暗驚。無端天與娉婷。夜月一簾幽夢，春風十里柔情。怎奈向，歡娛漸隨流水，素弦聲斷，翠綃香減，那堪片片飛花弄晚，濛濛殘雨籠晴。正銷凝，黃鸝又啼數聲。（〈八六子〉）

倚危亭，悠悠離恨如萋萋芳草，除盡後還會再生。遙憶當年水邊柳下的告別，青驄是遠行的旅人，紅袖是纏綿的愛人。如今想起，白駒過隙，分開已多年，不覺暗自心驚。下闋裡，秦觀從眼前景、當年情又聯想到意中人天生麗質、婀娜娉婷。夜月下，她如清幽的美夢；春風裡，她是綿綿鋪開的深情。可惜，如今歡愉隨流水，琴聲早已斷絕多日，而那翠色帕子上的香氣也漸漸消散。片片飛花猶如那些心碎的往事，紛紛揚揚飄散在黃昏裡，濛濛細雨遮蓋天光，此情此景，心下沉悶幾乎難以承受。正凝愁時，又聽到幾聲黃鸝的啼叫⋯⋯

秦觀的這首詞深婉悲愴，將前塵往事與當下情思巧妙地融在了一起，令人不自覺便身臨其境，感同身受。馮煦說：「他人之詞，詞才也；少游，詞心也。得之於內，不可以傳。」說的就是這份沁人心脾的代入感，這似乎與秦觀的經歷也大有關聯。

秦觀少年時頗豪邁，羨慕那些英雄，《宋史》說他「豪雋」、「強志盛氣，好大而見奇」，非常喜歡「讀兵家書」。志向遠大，見解高超，而且渴慕報效國家，建功立業，這是非常積極的性格。但他運氣不好，科舉考試屢屢不中，遇到挫折後開始變得消沉起來，性格中軟弱的部分也漸漸凸顯。同樣失利，有的人就能微笑面對，不以為然，放懷成敗，覺得可以下次再考。但對於秦觀來說，打擊就很大了。第一，他本身比較敏感，如馮煦所說，有一顆「詞心」。別人寫詞，那是才華使然；秦觀寫詞，那是天性使然。而這樣敏感脆弱的心靈，在文學創作上非常有益，遇到現實生活就容易懦弱逃避。第二，秦觀出身很普通，祖父和父親都是貧士，據說父親曾「遊於太學」。這樣的家境下，秦觀非常在乎科舉考試，也非常在乎自己的價值能否被社會所承認。所以落第後秦觀非常自閉，不打算繼續應考了。但蘇東坡屢次勸他應考，又一再舉薦，秦觀自身才華也高，終於在神宗元豐八年（一〇八五）考中了進士，做了國史院編修。

按理說，這樣的職位對秦觀來說非常合適，他也算官運不錯。問題是，這一年恰好趕上神宗駕崩，哲宗繼位。哲宗年幼，有實權的是宣仁太后。神宗支持變法派新黨，太后支持舊黨，所以這個編修國史就變成了燙手的山芋。說神宗對還是不對，都是有原則性的政治問題。不久，宣仁太后逝世，哲宗真正掌權，開始棄用舊黨，重新起用新黨，結果蘇東坡等人又被貶職。這個時候有人檢舉秦觀修《神宗實錄》記述不實。秦觀知道自己肯定要被冷落，所以稱病打算辭職。結果一波未平一波又起，有人進而檢舉說他請病假這段時間抄寫佛經。其實這並不算什麼大罪，但由於秦觀是舊黨人士，所以接連幾次被貶官，一直貶到郴州。王國維說秦觀的詞後來變聲「淒厲」，很著名的幾首，均寫在此時此地。其中又以〈踏莎行〉詞風最為淒涼。

霧失樓臺，月迷津渡。桃源望斷無尋處。可堪孤館閉春寒，杜鵑聲裡斜陽暮。
驛寄梅花，魚傳尺素。砌成此恨無重數。郴江幸自繞郴山，為誰流下瀟湘去。

秦觀早期的清淡舒雅，在這個時期幾乎一掃而光，取而代之的是撲面而來的絕望。夜霧氤氳，看不到高高的樓臺；月色朦朧，找不到出發的渡口；陶淵明筆下的桃源看來也是無處尋覓了。這幾個喻象的疊加，看似普通，實則暗示了秦觀心中的苦悶。樓臺是境界，渡口是出路，桃源是理想，而這些，在現實中都已經沒有任何希望了。而此時此地，他孤身漂泊在郴州的旅館中，館外春寒料峭，日暮斜陽，杜鵑聲聲「不如歸去，不如歸去」，可秦觀卻不知道自己何時才能歸去。

下闋中，秦觀寫自己為遠方親友寄送南方的梅花，山水迢迢，不知道要經過多少驛站，而那從北方寄來的溫暖問候，送抵我手中時也已經過了很久。在這遙遠的時空裡，我的愁怨和遺恨就這樣一點點地堆積起來。詞的結尾，秦觀已將自己的心事融化在郴江的山水中，郴江最幸福的事應該就是繞著郴山流，為什麼它要流向瀟湘呢？言外之意，自己背井離鄉多年，什麼時候才能與故土重逢呢？

寫作這首詞的時候，秦觀已經四十九歲，在這近知天命的年齡。但秦觀在這樣的年紀時卻漂泊在外，遠離家鄉和親人，所以心中悲憤難止，無限淒涼。少壯的豪邁之氣也在生活的曲折與磨損下，漸漸顯出頹敗來。對比秦觀早年詞作雖也是朦朧憂傷之調，卻處理得嫻雅輕柔，不似〈踏莎行〉這般怨恨重生。

漠漠輕寒上小樓，曉陰無賴似窮秋，淡煙流水畫屏幽。
自在飛花輕似夢，無邊絲雨細如愁，寶簾閒掛小銀鉤。（〈浣溪沙〉）

漠漠輕寒，淡煙流水，飛花似夢，細雨如愁。在這首詞中，秦觀的憂傷是淡雅的，哀怨是清閒的，那份敏感卻自在的情緒也在小樓閒掛等詞的背後慢慢浮現。但政治波瀾起伏一浪高過一浪，生活的急流裡，一個漩渦連著另一個漩渦。秦觀那顆本來多情敏感的詞心，隨著生活的砥礪，變得脆弱起來。到晚年的〈踏莎行〉裡，竟變為王國維所說的「淒厲之聲」了，含悲啼血，哀鳴不止。

同樣是被貶職，秦觀到了湖南就自覺心神俱碎，而蘇軾被貶到海南也不忘笑對人生。可見，人的性格雖無好壞之分，但襟懷卻有大小之別。當沒辦法選擇生活的方式時，至少可以選擇生活的態度。

幾年後，哲宗逝世，徽宗繼位，召舊黨入朝。可惜，秦觀並沒能回到日夜思念的故鄉，他死在了北歸的路上，年僅五十二歲。

論青樓客的自我修養——周邦彥

北宋時期經濟發達，政治穩定，思想自由，所以人們的私生活也比較開放，尤其是知識階層，平日裡逛逛青樓，寫首詞讓姑娘們歡唱，都是很隨性的舉動。當然，時不時也會傳出些緋聞。但一般這些花邊消息也就僅限於文人騷客之間，不會引起太大的波動，直到周邦彥的祕事被八卦出來，才震驚了整個文娛圈。

周邦彥，字美成，號清真居士，北宋著名詞人。他寫詞語言典雅清麗，風格縝密渾厚，不但繼承並發揚了柳永的慢詞，還對南宋末年姜夔、張炎等人的創作影響深遠，被尊為婉約詞集大成者。但說起來，這些文學上的成就只能為周邦彥的形象增光添彩，真正讓他聲名遠揚的卻是他獨樹一幟的風流韻事。這件事還要從周邦彥最著名的一首詞開始說起。

並刀如水，吳鹽勝雪，纖手破新橙。錦幄初溫，獸煙不斷，相對坐調笙。
低聲問向誰行宿，城上已三更。馬滑霜濃，不如休去，直是少人行。（〈少年遊〉）

傳說，周邦彥某天和名妓李師師幽會，兩個人你儂我儂，正是難分難捨之時，忽然有人通報，讓李師師姑娘趕緊打扮一下，說宋徽宗馬上就要過來看她了。周邦彥一想，自己出來泡個妞竟然還能和皇帝「撞車」，這事兒傳出去，皇帝臉面過不去，自己的前程八成也就廢了，所以愣在那裡竟然有些不知所措。李師師到底是風月中人，靈機一動，告訴周邦彥你先藏到床底下，我來應付皇上。周邦彥無奈，只得爬到床下避難。他一面聽李師師跟宋徽宗調笑周旋，一面在心裡吃飛醋打腹稿，決定將這千載難逢的時刻記錄在案——

鋒利如水的刀切開了柳丁，李師師用纖細白嫩的雙手為宋徽宗剝開新鮮的柳丁，華麗的幔帳，縹緲的爐煙，熏得整個屋子又香又暖，兩個人在這樣的房間裡對坐，調笙，吹奏。這樣的浪漫和曖昧，讓周邦彥覺得心裡酸溜溜的不是滋味。

下闋從敘述起筆，鏡頭轉向女主角，她溫柔地問男主角：「你要去哪裡啊？現在已經是三更天了，霜濃路滑，外面幾乎沒人出行了，你不如就在這兒歇下吧！」語言婉轉柔麗，清秀淡雅，坦然天真。雖是挽留情郎的話，卻沒有任何忸怩作態，十分細膩自然。而其中的纏綿之情也拿捏得恰到好處，正所謂「著粉則太白，施朱則太赤」，所以清代詞學理論家陳廷焯在《白雨齋詞話》中讚其為「本色佳作」。

故事似乎還沒有結束，周邦彥這首詞寫得太好，所以很快就傳到了宋徽宗的耳朵裡。宋徽宗又氣又惱，自己嫖妓這麼私密的事都被周邦彥知道了，面子上實在過不去，而且這麼看來周李二人確實過往甚密，周邦彥也算自己半個情敵。所以宋徽宗一怒之下就下令把周邦彥貶官了。樹倒猢猻散，牆倒眾人推，周邦彥被貶官外放，嚇得眾好友不敢相送，唯有李師師天不怕地不怕，跑去送周邦彥。

送行的那天，宋徽宗正好去見李師師，結果發現李師師不在。心急如焚地等到李師師回來，卻見她兩隻眼睛哭腫成核桃一般，宋徽宗心下一陣憐惜，說妳怎麼哭成這個樣子，李師師就說是去給周邦彥送行了。這李師師說起來也算是個公關達人，不但把事實交代清楚了，還把周邦彥寫的詞給宋徽宗唱了。宋徽宗仔細一聽，這詞寫得果然精妙絕倫，自己確實不該一時惱怒就把人家給貶官了，濫用公權以徇私情，說到底還是不對。

於是跟李師師說妳別哭了，我把他調回來就是了。於是周邦彥又被調回來了，還給升了官，封為「大晟府樂正」。而這首讓周邦彥名垂千古的詞作，就是著名的〈蘭陵王〉（越調柳）。

柳陰直，煙裡絲絲弄碧。隋堤上，曾見幾番，拂水飄綿送行色。登臨望故國，誰識、京華倦客。長亭路，年去歲來，應折柔條過千尺。

閒尋舊蹤跡，又酒趁哀弦，燈照離席。梨花榆火催寒食。愁一箭風快，半篙波暖，回頭迢遞便數驛。望人在天北。

悽惻，恨堆積。漸別浦縈迴，津堠岑寂。斜陽冉冉春無極。念月榭攜手，露橋聞笛。沉思前事，似夢裡，淚暗滴。

「折柳送別」一直是古人離別的主題，這首詞也不例外。開篇就寫到沿隋堤栽種的柳樹筆直地排在兩岸，絲絲柳條隨風浮動，舞弄起一片嫩綠的世界。曾幾何時，看到這柳枝拂水柳絮飄飛的景色，都是人們為遠行的人送別。如今自己要離開這裡了，登高遠望，故國一片春色，而「我」也曾是厭倦京都生活的過客。十里長亭路，年復一年的送別，折斷的柳條應該都要過千尺了吧。

獨自靜下來才開始追尋舊日的蹤跡，分別的時間在「寒食」前後，離酒、哀弦、殘燈、空席，所有的情境都透出悲涼。竹篙沒入開始漸漸轉暖的水中，船像箭一樣划得飛快，遠遠望去，送別的驛站已經越來越遠，而送別的人猶如遠在天邊。船越行越遠，遺憾越積越重，送別的河岸蜿蜒曲折，渡口也漸漸行人冷清。斜陽冉冉西下，春的味道反而顯得更濃。在這暮色與春色交織的複雜情感中，滿懷愁緒被進一步挑起。遙憶曾和佳人並肩攜手於月下，水榭露橋，一曲到天明，恍惚間前事如夢，細思想，暗垂淚……當時只道是尋常。

這首〈蘭陵王〉是周邦彥最為人稱道的作品，其景語和情語描摹得恰到好處，曲折的心路隨著漫長的旅途沿路鋪開，纏綿動人，心事流淌，實在是滋味無窮。所以也難怪宋徽宗聽後，感慨周邦彥確實是個人才，又把他調回京城。

關於周邦彥、宋徽宗和李師師的「三角戀」，最早的記載見於宋代人張端義的《貴耳集》。後世很多學者考證出「嫖妓撞車」一事查無證據，並不可信，但從沒人就此否定過周邦彥這首詞的成就。

在這首詞中，周邦彥最具特色的創作手法得到了突出的體現，即故事性。他將一個送別的場景擴展成一個離別的故事，一唱三嘆，婉轉動情。從近處的柳絲，遙遠的驛站，到分開後沉浸在回憶中垂淚的旅人，將虛實、今昔、悲喜等情緒，糅合得完美無缺，大大提升拓展了宋詞寫作的內容、意境和方法，對後代影響深遠。一般意義上，「詩言志，詞言情」是對詩詞內容的普遍界定，但周邦彥之後，詞不但言情，而且能敘事。細緻地鋪陳景色，細微地刻畫動作，細膩地描寫心路，在之前的詞裡，幾乎是沒有的。周邦彥充分開掘了慢詞的鋪敘功能，由此，詞不僅能表達情緒，還能講述故事，這是周邦彥對宋詞的最大貢獻。這首〈蘭陵王〉情緒凝重沉穩，語調舒緩悠長，有人據此將周邦彥稱為「詞中老杜」，更有人將其譽為「詞中之冠」。

周邦彥的詞「富豔精工」，「富」來自宮廷樂師的職業，「豔」來自對底層歌妓生活的瞭解，唯「精工」二字才能看出其寫詞的用功和成就。即便是普通的思鄉情，也能被渲染得不同尋常。

燎沉香，消溽暑。鳥雀呼晴，侵曉窺簷語。
葉上初陽乾宿雨，水面清圓，一一風荷舉。
故鄉遙，何日去。家住吳門，久作長安旅。
五月漁郎相憶否。小楫輕舟，夢入芙蓉浦。（〈蘇幕遮〉）

這首詞上闋寫景，下闋寫情，層次分明。焚香消暑，屋簷下鳥雀歡語，水面上荷花清圓，荷葉一一挺出水面。遙憶故鄉，不知道自己什麼時候才能回去。家在吳越一帶，卻長久客居在長安，故鄉的夥伴是否還記得我？一葉小舟，夢裡回到了荷花塘。

這首詞意境清幽，恬靜淡雅，有清水芙蓉天然雕飾之感。尤其是「水面清圓，一一風荷舉」，已成千古佳句，被王國維讚為「真能得荷之神理者」。

當然，周邦彥在那些典雅工整的詞風外，也偶作豔詞，比如〈青玉案〉。上闋寫：「良夜燈光簇如豆。占好事、今宵有。酒罷歌闌人散後。琵琶輕放，語聲低顫，滅燭來相就。」語言香豔，敘事周全，從燈下占卜，寫到歌舞歡暢曲終人散，兩相依偎。下闋是：「玉體偎人情何厚。輕惜輕憐轉唧口留。雨散雲收眉兒皺。只愁彰露，那人知後。把我來僝懋。」寫偷情後的自責，怕被人知曉後的憂愁。全詞的豔俗程度絲毫不輸柳永。不過，雖作豔詞，且是宋代最著名的「青樓客」，但周邦彥這類詞的數量並不多，成就也不如其他類詞高。

周邦彥少年時落魄不羈，曾在太學讀書，神宗時還曾獻上歌頌太平盛世的〈汴都賦〉，七千字的雄文讓神宗引以為奇。此後，周邦彥屢受提拔，仕途坦蕩，因精通音律，後專職為宮廷作樂。

但新舊黨爭不斷，宦海沉浮，生死榮辱，他也都曾親歷過。所以後期的周邦彥，寫詞縝密典麗，華美異常，宮廷氣較濃烈，所以常被批判為「幫閒文人」。

周邦彥卒於西元一一二一年，幾年之後，北宋就滅亡了。

第四章

愛情是天大的小事

流行詞人的尷尬往事——柳永

官二代進軍娛樂圈這種事，放在哪個朝代都是頗有壓力的。尤其是對於柳永這種自尊心極強的人來說，家族的光環簡直就是戴在頭上的緊箍咒，穿在腳上的紅舞鞋！

柳永的祖上在南唐時以儒學著稱，父親柳宜進士出身，曾在南唐做過官，叔叔也中過進士，哥哥柳三復和柳三接是進士，連兒子和姪子都是進士。在這麼上下三代濟濟一堂的進士家族裡，如果一個人不是進士，心理壓力之大真是隨時可以爆表。所以，柳永必須趕考。以柳永的才學，考進士本是探囊取物之事，不料橫生枝節，連考三次都不中。命運如此安排，真讓人無奈！第三次落榜的時候，柳永心裡實在太委屈了，一腔苦水直接澆築在了自己的文學作品上，現代俗稱「吐槽」。

黃金榜上，偶失龍頭望。明代暫遺賢，如何向？未遂風雲便，爭不恣狂蕩？何須論得喪。才子詞人，自是白衣卿相。
　　煙花巷陌，依約丹青屏障。幸有意中人，堪尋訪。且恁偎紅翠，風流事，平生暢。青春都一餉。忍把浮名，換了淺斟低唱。（〈鶴沖天〉）

這是柳永流傳最廣的幾首詞之一，將柳永做為文人的清高自負描寫得活靈活現。首先，柳永並不承認自己「技不如人」，而是把自己的落榜歸結為偶然因素，認為只是暫時不得意，並不能定論成功或失敗。自己是才子詞人，即便是布衣終老，也堪比公卿將相。下闋起，柳永直接將玩世不恭的態度發揮到極致，考場的失意似乎大大刺激了他縱橫情場的決心。煙花深處，有紅粉知己解語佳人，此種風流也算是平生暢快之事。青春如此短暫，乾脆將追逐浮名換了淺斟低唱。全詞充滿著自信與自負，有佯裝的驕傲，也有落第的無奈，那份不屑裡面流淌著文人酸溜溜的醋意。雖氣度不夠宏大，但也算另闢蹊徑，別有一番韻味。

柳永說「淺斟低唱」，這話一點不假，宋詞在當年是跟音樂相配，用來在宴會上演唱的一種文藝樣式，相當於如今的流行歌曲。而柳永是當年音樂風雲榜的金牌詞人，「凡有井水處，皆能歌柳詞。」他寫的詞，總是很容易走紅，家家爭唱，戶戶傳誦。

這一點，對於普通詞人來說非常好，提高曝光率增加知名度，絕對是出名的不二選擇。可惜，命運又橫生枝節，到了柳永這裡，竟演變成了「人紅是非多」的悲劇。起因就是這首〈鶴沖天〉。

柳永在這首詞裡雖然盡情地發洩了一下自己的不滿情緒，但抒發了負能量之後，他就又帶著陽光燦爛的心態去備考了，這次竟然真讓他考中。但最後他還是沒被錄取，原因是什麼呢？宋仁宗不答應。柳永的詞傳唱得那麼廣，皇帝當然有所耳聞，你柳永不高興了就說我「遺漏」了你這個賢人，說功名利祿還不如倚紅偎翠，好啊，既然這樣，你就去秦樓楚館消磨時光吧，何苦來考試？淺斟低唱，何要浮名？於是朱批幾個大字：「且去填詞！」

這柳永也當真是個奇才。按說，如果仕途的大門從此關閉，他應該淚流滿面高呼「冤枉」，或者跪求原諒含淚哭訴自己只是酒後狂言，並無冒犯皇上的意思。可柳永非但不如此，還樂呵呵地欣然接受了這一事實。他一面繼續考科舉，一面跟青樓歌妓們廝混，為她們寫詞。寫完之後，還要在落款的地方，醒目地寫下——「奉旨填詞柳三變」（柳永原名柳三變）！唯恐別人不知道自己和皇帝的公案，簡直讓人啼笑皆非。由此，柳永的詞流傳更廣，覆蓋面也更大，皇帝的金字招牌倒是為柳永打了一場免費的廣告。

那個時候，哪個歌妓能得到柳永的詞來唱，必定身價倍增。柳永絲毫不吝惜筆墨，用飽蘸深情的筆，給鶯鶯燕燕們寫各種情歌，從相思相守到相惜分別，寫得哀傷婉轉，細膩流暢。很多歌妓都被他詞中的感情所打動，由此愛上了柳永。其中最著名的就算是〈眾名姬春風弔柳七〉中柳永與謝玉英的一段感情。

據說謝玉英當年在青樓賣唱，特別喜歡唱柳永的詞。雖然沒見過柳永，但還是忍不住用蠅頭小楷抄了很多柳永的詞。後來得遇柳永，二人十分投緣，都有相見恨晚之感。於是，謝玉英發誓為了柳永不再接客，柳永也保證自己永不變心。後來柳永到餘杭任職，一年後回來找她發現竟不在家，原來是去陪客遊玩了。柳永心緒鬱結，丟下一首詞就離開了。

近日書來，寒暄而已，苦沒忉忉言語。
便認得聽人教當，擬把前言輕負。

見說蘭臺宋玉，多才多藝善詞賦。
試與問，朝朝暮暮，行雲何處去？（〈擊梧桐〉）

謝玉英回來後，發現柳永竟然真的回來找她，又讀了柳永寫下的詞，心生慚愧，於是到處打聽柳永的去處。本來，以身相許乃「青樓慣技」，柳永又是著名的詞人，謝玉英當年雖然許諾等柳永，但心裡必定沒有譜。想不到柳永情真意切，竟然真的找上門來。

謝玉英隨後打聽到柳永的下落，變賣家當，火速趕往東京名妓陳師師的家找柳永。二人一見，冰釋前嫌，乃重修舊好。此後，謝玉英住在陳師師家的東院，再不接客，即便柳永落宿其他妓女那邊，她也毫不干涉。陳師師也不吃醋，幾個人恩恩愛愛，竟過著比別家夫妻更安穩幸福的生活。古代男子，三妻四妾，明媒正娶尚且爭風吃醋，搞得男人焦頭爛額。但這柳永，不但妥善處理了歌妓間的關係，而且能令姊妹們彼此扶持，和睦共處，真是古今一大奇觀。

不過，這柳永的奇聞怪事雖多，但歸根結柢還是源於一個「情」字。無論是落榜後的吐槽還是定情後的認真，都源於真切地表達自己的感情。從「聚散難期，翻成雨恨雲愁」的離愁別恨，到「三秋桂子，十里荷花」的熱烈讚頌，柳永的詞裡湧動的都是真摯的感情。他不隱瞞自己的喜好，也不壓抑自己的情感，他愛便是愛，恨便是恨。在表演性那麼濃厚的青樓裡，逢場作戲是人與人最熟悉的關係和感情。但在柳永的眼裡，在他的筆下，那些歌妓如此可愛，與平常人家的姑娘媳婦兒並無不同。貧困潦倒和屢考不中，讓柳永更懂得尊重她們，也能更深地理解她們。

在一首首抒發感情的詞作裡，沒有絲毫的玩弄、嘲笑，甚至戲謔。他珍惜別人的感情，同情別人的難處，因此，柳永得到了很多青樓女子的擁戴，甚至死後無錢安葬，都是妓女們解囊相助，湊足了他的安葬費。而才藝雙絕的謝玉英因柳永之死哀傷過度，不久也過世了，被埋葬在柳永的墓旁。從此，陪伴他的，是生前身後的香豔往事，和千年之後依然動人的縷縷詞香。

值得關注的是，後人對柳永的認識大多停留在「婉約詞宗」上，但柳永的另一些詞氣勢開闊、意境疏朗，頗有些壯美的味道。其中較為著名的就是〈八聲甘州〉。

對瀟瀟暮雨灑江天，一番洗清秋。漸霜風淒緊，關河冷落，殘照當樓。是處紅衰翠減，苒苒物華休。唯有長江水，無語東流。

不忍登高臨遠，望故鄉渺邈，歸思難收。嘆年來蹤跡，何事苦淹留？想佳人、妝樓顒[7]望，誤幾回、天際識歸舟。爭知我、倚闌干處，正恁凝愁！

該詞起筆便是壯闊的秋景，一句「瀟瀟暮雨灑江天」托出了秋天清冷的味道。加上霜風、關河、殘樓，紅衰翠減，真是一派蕭索。尤其是上闋的最後一句，江水滾滾無語東流，真是說不盡的落寞與惆悵。

轉到下闋，詞人道出了引發濃濃愁緒的誘因，便是古代學子們經常遇到的問題：思鄉。古人寒窗苦讀就為進京趕考，常常一離開家便是幾年光景。那個時候交通不便利，出行時間很長，所以考完試後常常留下來等放榜。然後落第的還想復讀，高中的要遠赴出任，很多時候就這樣一年年地留在異鄉。「少小離家老大回，鄉音無改鬢毛衰」，其實都存在這樣的問題。柳永更是這樣，他屢考不中，長期羈留在外，心裡是非常想念故鄉的，所以他說「不忍登高臨遠」，因為故鄉縹緲，山長水遠，自己想念起來便歸思難收。有時候人也會懷疑自己，這麼多年在外苦苦漂泊逗留，到底所為何事，是否值得？這樣的詢問還沒結束，筆鋒一轉又寫起家裡的妻子。

柳永沒有直接寫佳人多麼想我，多麼愛我，而是透過自己的角度去揣度可能發生的情狀。他料想，妻子妝樓凝望，是不是每次看到有歸舟都會誤以為我回家了呢？而轉過來說，她又怎麼知道，我此時也是倚著欄杆，正在想著她呢？結尾起伏婉轉，韻味無窮。該詞寫作視角獨特，既有深情也有濃愁，屬於「思鄉」類詩詞中的經典之作，也算是柳永作品中意境高遠的一類。

正是因為有了這樣的詞，柳永才從婉約的格局中跳脫出來，讓後世能夠在他佯裝浪蕩不羈、情色充沛的五彩生活裡，隱約看出他內心若隱若現的苦悶與失落，還有那藏匿在秋天裡的蕭索與遼闊。

7 顒：盼望之意。

中產階級風流史——張先

張先，字子野，北宋著名詞人，擅長慢詞。其詞多構思精巧，意境含蓄，能與柳永齊名。但也有人覺得張先「情有餘而才不足」。不過，這些評論對於張先來說，都是浮雲過眼，他最引人注目的並不是世俗的虛名，而是熱鬧火辣豐富扎實的情史。少年時的忘情衝動，老年時的大膽追求，點點滴滴，彙集成張先一生荒唐的情愛史。

張先少時戀愛，曾與一位小尼姑相好。庵中老尼嚴厲，將小尼姑關在池塘小島的閣樓上。張先為了去私會，常常在夜深人靜的時候偷偷划船過去，小尼姑就悄悄放一個梯子下來，讓張先爬上去。後來東窗事發，二人最終分手。張先回憶往事，依然無限留戀，還作了首詞抒發情感：

傷高懷遠幾時窮？無物似情濃。離愁正引千絲亂，更東陌、飛絮濛濛。嘶騎漸遙，征塵不斷，何處認郎蹤！

雙鴛池沼水溶溶，南北小橈通。梯橫畫閣黃昏後，又還是、斜月簾櫳。沉恨細思，不如桃杏，猶解嫁東風。（〈一叢花令〉）

明明是張先懷念姑娘，他卻以女子登高望遠追尋情郎蹤跡的口吻來寫故事。黃昏後，橫梯於畫閣上，斜月依舊，簾櫳依舊，卻沒有了依舊相依相伴的情郎。沉思又恨，人還不如桃杏，無情之物尚且知道要嫁給春風。張先以女子口吻寫女子心態，既包含了對舊愛的同情和理解，也抒發了自己對往事的眷戀。尤其是最後三句，情思飽滿，綿綿遺憾揮筆流出，深得時人與後人的喜愛。

俗話說，生活中不缺少美，只是缺少發現美的眼睛。張先在發現美、描摹美、歌頌美的方面，似乎有著天然的敏銳。他不但寫詞，還自創詞牌來描寫美以及美麗的姑娘。

雙蝶繡羅裙，東池宴，初相見。朱粉不深勻，閒花淡淡春。

細看諸處好，人人道，柳腰身。昨日亂山昏，來時衣上雲。（〈醉垂鞭〉）

這個「醉垂鞭」的詞牌正是張先創制的。上闋寫初相逢時，在宴會上遇到的姑娘，繡蝶的羅裙，淡淡的妝容，如花般嫻靜的美麗。下闋寫再相遇時，細看姑娘真是美到極致，楊柳細腰，人人稱道。昨晚黃昏山上的雲彩，如今都變成姑娘的衣裳。她如神女下凡，周身繚繞著如雲的仙衣，其浪漫和飄逸真是活靈活現，彷彿亭亭玉立在眼前。只是不知張先後來與這位美女是否有更風流的故事。

當然，張先身上最寶貴的不僅是自己忙著追求美女，而且堅決支持並成全朋友們追求自己的愛情。據說宰相晏殊做京兆尹的時候，張先恰好在他手下做通判。晏殊非常欣賞張先的才華，所以常請他來府上做客。每每置酒招之必令一侍女陪伴，還讓她演唱張先的詞曲。日子久了，晏殊的大老婆發現這名侍女實在太得寵，所以惱羞成怒，將侍女攆走了。姑娘走後，晏殊心情不好，終日悶悶不樂。有一天，張先忽然來訪，還填了一首〈碧牡丹〉（晏同叔出姬）——

步帳搖紅綺。曉月墮，沉煙砌。緩板香檀，唱徹伊家新制。怨入眉頭，斂黛峰橫翠。

芭蕉寒，雨聲碎。

鏡華翳。閒照孤鸞戲。思量去時容易。鈿盒瑤釵，至今冷落輕棄。望極藍橋，但暮雲千里。幾重山，幾重水。

張先這首詞以侍女口吻寫別後憔悴心情，如今冷落輕棄的又豈止是鈿盒瑤釵，還有悽楚落寞的侍女。晏殊本是差人演唱張先這首詞的，唱到結尾「但暮雲千里。幾重山，幾重水」時，只見晏殊神色淒涼，神情悲切，感嘆「人生行樂耳，何自苦如此」！隨即就命人贖回了侍女。可見，張先的風流已深入骨髓，硬是將自己的情詞唱出了晏殊的心聲，其精彩程度，非普通意義上的「情聖」可比。

但更精彩的還是張先自己的愛情。八十歲的時候，張先竟然娶了一個十八歲的美少女為妾。耄耋之年，他能做出此等聳人聽聞的壯舉，立刻吸引了朋友圈的大量關注。以蘇軾為首的親友團得知消息後，迅速前去圍觀拜訪。張先非常高興，於是出口成章：

我年八十卿十八，卿是紅顏我白髮。與卿顛倒本同庚，只隔中間一花甲。

蘇軾聽後，拍手叫好，當即和詩一首：

> 十八新娘八十郎，蒼蒼白髮對紅妝。鴛鴦被裡成雙夜，一樹梨花壓海棠。

蘇軾這首詩很有調侃意味，明顯對張先的「老牛吃嫩草」羨慕嫉妒恨。但這詩寫得又極好，用梨花比喻白髮蒼蒼的老者，海棠比喻妙齡少女的紅顏，無論是表面的描述還是暗指的深意，以花喻人的嬌羞姿態，都可謂栩栩如生，楚楚動人。其名句「一樹梨花壓海棠」也由此備受推崇。張先自然知道蘇軾揶揄自己，但他為人豁達，不羞不惱，還哈哈大笑。

可能正是因為張先這樣的好心態，所以才能不斷刷新自己的愛情紀錄。八十五歲時，張先再次高齡納妾，震驚整個北宋文壇。蘇大學士再次瞠目結舌！等消化了這個消息後，蘇軾再次提筆贈詩給張先：「詩人老去鶯鶯在，公子歸來燕燕忙。」言外之意，老張你都這歲數了，別瞎折騰了，等你老死之後，留下小媳婦照樣找年貌相當的公子哥兒。但老張心態極好，還跟蘇軾和詩，說我就是找個做伴的。都說「人到無求品自高」，但能豁達樂觀到張先這個境界，恐怕也算世所罕見了。

張先不但創造了很多浪漫情事，還留下了很多傳世佳篇，其中最著名的就是那首〈天仙子〉：

水調數聲持酒聽，午醉醒來愁未醒。送春春去幾時回？臨晚鏡，傷流景，往事後期空記省。

沙上並禽池上暝，雲破月來花弄影。重重簾幕密遮燈，風不定，人初靜，明日落紅應滿徑。

張先說起來的確是個很懂生活的人，他追逐愛情，尋求歡樂，而且還很懂養生，生活得怡然自得，頗讓人羨慕。那天他在家聽歌吃酒，結果吃飽喝足犯食睏，不一會兒就睡著了。午睡醒了，覺得那股惆悵還縈繞在胸，其實就是覺醒了酒還沒醒，但文人矯情，硬說是「傷春」。春去春回，四季更迭。青春年華，迢迢往事，忽然在這個午睡的傍晚撲面而來，記憶變得很清晰。下闋轉到天色漸晚，暮氣罩大地。晚風陣陣，吹開雲層露出朦朧月色，吹進園內，吹亂鮮花朵朵。此時，天上地下，月色斑駁，花影婆娑，萬物瞬間有了躍動的靈性。而這句「雲破月來花弄影」也從此名垂千古。張先被這春色夜色月色花色弄亂了心緒，於是轉身從院中離開，回到屋子裡，雖然拉上了重重簾幕，還是感覺窗外的風更大了。但世界卻在他的心裡靜下來，明天該是落花滿院了吧。其悠悠情思，可謂綿綿不絕。

張先原來有一首詞廣受好評，叫做〈行香子〉：

舞雪歌雲。閒淡妝勻。藍溪水、深染輕裙。酒香醺臉，粉色生春。更巧談話，美情性，好精神。

江空無畔，凌波何處，月橋邊、青柳朱門。斷鐘殘角，又送黃昏。奈心中事，眼中淚，意中人。

這首詞因「心中事，眼中淚，意中人」一句備受推崇，所以張先有段時間被人稱為

「張三中」。因為他還有幾首帶「影」字的詞，如「嬌柔懶起，簾幕卷花影」（〈歸朝歡〉）、「柔柳搖搖，墜輕絮無影」（〈剪牡丹〉），還有平生最得意的「雲破月來花弄影」（〈天仙子〉），所以他經常對人說叫我「三中」還不如叫我「三影」，於是大家索性又叫他「張三影」。

張三影一生官運不算通達，官位不高，只是做到了郎中。但善始善終，堅持做到了退休，仕途也還算順當。他衣食無憂、吟風弄月，留下了大把豐滿香豔的風流趣事，和些許傳之後世的名篇佳句，也算小有所成。陳廷焯評價張先，說他：「含蓄不似溫、韋，發越亦不似豪蘇膩柳。規模雖隘，氣格卻近古。」認為他是從小令向慢詞過渡中極其重要的一個人，「獨開妙境，詞壇中不可無此一家。」

文學史上的地位固然重要，但縱觀其一生，估計唯有寫純情詞，留豔情史，才是張先畢生的追求吧！

紅杏自是多情郎，尚書也很忙——宋祁

《宋史》記載，北宋天聖二年（一〇二四年），宋祁與哥哥宋庠同中進士，禮部擬定宋祁第一，宋庠第三。但當時的仁宗剛剛即位，掌握實權的是劉太后（章獻皇后），她認為長幼有序，弟弟不應該排在哥哥前面，於是將宋庠定為第一名，宋祁定為第十名，並稱「二宋」，以大小區分，宋祁因此被暱稱為「小宋」。

宋祁雖然在科舉上被暗箱操作，但他後來憑藉自己的文學才能，硬是在名氣上反超哥哥，成為了宋代著名的文學家和史學家，並留下了許多膾炙人口的名篇。當然，這其中十分令人豔羨的，還有他的愛情奇遇。

據《花庵詞選》介紹，某天宋祁宴罷回府，路過繁臺街，適逢皇家車隊路過，宋祁趕緊讓路到一旁。不料，忽然聽到有人在車裡輕柔地叫了聲：「小宋。」宋祁一驚，抬頭看時，見車簾掀動，有位妙齡少女正微笑著望向自己。小宋心下一動，不覺看得呆了。

等車隊浩蕩而過，他想起剛才那一抹甜笑，頓覺悵然若失。回到家後，小宋想起這次豔遇，提筆寫了首〈鷓鴣天〉：

畫轂雕鞍狹路逢，一聲腸斷繡簾中。身無彩鳳雙飛翼，心有靈犀一點通。
金作屋，玉為籠，車如流水馬如龍。劉郎已恨蓬山遠，更隔蓬山幾萬重。

這首詞上闋寫意外相逢，講自己與彩車相遇，聽到了那一聲如水的呼喚。下闋寫別後相思，在車水馬龍的街頭，自己心裡雖有無數的漣漪，卻再難與佳人相見。這首作品的語言多化自前人詩詞，「身無彩鳳雙飛翼」和「劉郎已恨蓬山遠」皆出自李商隱的〈無題〉，而「車如流水馬如龍」也來自李煜。但小宋的高明就在於，能夠將前人寫的詩詞無聲地化入自己的作品，不但毫無違和感，而且為這些詞句賦予了全新的意義。所以，這首詞一經問世就因廣泛的接受度而被迅速擴散，很快就傳到了宋仁宗的耳朵裡。

宋仁宗知道此事後，就在宮中展開了調查工作。他派人將宮女們集中到一處，然後詢問是誰那天在街上碰到宋祁，叫了一聲「小宋」。這個時候，有位宮女站出來請罪說，有一次我跟隨陛下去侍奉御宴，聽到宣召翰林學士，大家都說是小宋來了。那天在街上車子裡偶然看到他，未及多想便脫口而出叫了他一聲「小宋」。仁宗聽後心裡有了主意。改日再召宋祁時便問起此事，宋祁惶恐窘迫得有些無地自容。仁宗笑說：「蓬山其實也不是很遠。」於是召來宮女直接許配給宋祁，成就了一段佳話。

不過，真正讓宋祁在詞史上留名的卻不是這首〈鷓鴣天〉，而是另外一首〈玉樓春〉（春景）。

東城漸覺風光好，縠皺波紋迎客棹。綠楊煙外曉寒輕，紅杏枝頭春意鬧。
浮生長恨歡娛少，肯愛千金輕一笑。為君持酒勸斜陽，且向花間留晚照。

這首傳唱千古的名篇，上闋講「遊春景」，下闋講「戀春光」。上闋說風光好，蕩波遊春，綠柳如煙，春天的清晨裹挾著縷縷輕寒，紅杏在枝頭開得春意盎然。王國維評論「紅杏枝頭春意鬧」這句，認為「著一『鬧』字而境界全出」，說的正是春天登上枝頭時帶給人的喜悅與美好。下闋裡，詞人感慨「浮生若夢，為歡幾何」，實在不該因貪戀身外之財而捨棄內心的快樂。在夕陽西下的時候，與朋友舉杯對飲，希望這一襟晚照能留下來多陪我們一會兒。

全詞語言活潑卻不浮泛，意境華美卻不傷感，其留戀春天、珍惜時光、善待人生的追求栩栩如生地閃現在字裡行間，令人讀之忘俗。其中的「紅杏枝頭春意鬧」、「且向花間留晚照」等句更成為後人耳熟能詳的佳句，宋祁更因此被譽為「紅杏尚書」，聲名遠揚。

「紅杏尚書」這個名字十分契合宋祁的身分氣質，一方面是浪漫多姿的個人生活，另一方面也描述了端正嚴謹的官階。兩種生活互為補充，交相輝映。

當做為浪漫詞人出現時，宋祁不僅寫春色滿園，寫驚喜邂逅，也寫美人春睡，芳心幾許。

繡幕茫茫羅帳卷。春睡騰騰，困人嬌波慢。
隱隱枕痕留玉臉，膩雲斜溜釵頭燕。
遠夢無端歡又散。淚落胭脂，界破蜂黃淺。

整了翠鬟勻了面，芳心一寸情何限。（〈蝶戀花〉）

小詞勾勒出一位春睡倦倦，遲遲醒來，枕痕還留在臉上，頭釵都在睡夢中滾落了的美人形象。回憶起夢裡的歡樂，更襯托出現實的孤寂和失落。想著不禁落下淚來，將臉上的胭脂都沖掉了。理好頭髮和妝容，卻難收寸寸芳心絲絲情。雖然只是一首普通的春閨詞，但作者描摹之細緻，將少婦的心路刻畫得活靈活現，一波三折，可見功力之深厚。

當然，宋祁不僅只懂風花雪月的人生，他能高中進士甚至曾被禮部內定為第一，說明他在治國的方針策略上還是很有才能的。

寶元二年（一〇三九年），宋祁曾上書皇帝，提出著名的「三冗三費」。「天下有定官無限員，一冗也；天下廂軍不任戰而耗衣食，二冗也；僧道日益多而無定數，三冗也。三冗不去，不可為國。」簡而言之，就是冗官、冗兵、冗僧。在「三費」中又提出道場齋醮、祠廟營建過多、邊關官員機構浪費，主張裁減官員，節儉經費。北宋太宗真宗神宗哲宗等各朝，多在宮中設醮，史不絕書。所以，「三冗」問題也算得上是宋朝的積習了。但不知是否與宋祁直指要害有關，仁宗時期政治清明，這些情況多有好轉。

宋祁不但能積極提出自己的政治議案，還能妥善發揮自己的文史天賦。他與歐陽修同修《唐書》，史稱《新唐書》，前後長達十餘年，《新唐書》大部分內容都為宋祁所做。其間，仁宗本想提拔宋祁做三司使（北宋最高財政長官），但因為他哥哥宋庠出任宰相，所以有人提出宋祁不適宜做三司使，於是皇帝加封宋祁為龍圖閣學士，改知州。《新唐書》修成後，宋祁進為工部尚書，第二年又被提拔為拜翰林學士承旨，相當於皇帝的高級私人祕書。就這樣，宋祁完成了自己仕途上光輝燦爛的經歷。

宋祁從步入仕途到官至尚書，都是在仁宗時期完成的。這一時期，北宋經濟繁榮，政治穩定，社會清明，是歷史上著名的「仁宗盛治」，而宋代也在此時進入鼎盛時期。宋仁宗性情寬厚，在劉太后的教育下，不事奢華，懂得克制自己，所以四方平穩，文武忠良。而宋祁，做為仁宗的能臣愛將，也是一個克勤克儉懂分寸守禮數之人。他不但經常教誨家人要恭儉，甚至連自己身後事如何料理也交代得頗為細緻。

「三日殮，三月葬，慎無為流俗陰陽拘忌也。棺用雜木，漆其四會，三塗即止，使數十年足以臘吾骸、朽衣巾而已。」宋祁認為葬禮及棺木要一切從簡，能盛放自己的殘骸朽衣就可以了。

「吾學不名家，文章僅及中人，不足垂後。為吏在良，二千石下可著數人，故無功於國，無惠於人，不可以請謚有司，不可受賵贈，又不宜求巨公作志及碑。」即便文史功底扎實，能修唐史，但宋祁依然謙遜地認為自己所學甚淺，不足以垂名後世。雖然他提出了著名的「三冗三費」方略，且身居要職，但還是認為自己對國家沒什麼功勞，對社會來說也沒什麼政策能惠及人民，所以不需要謚號，而且告誡子孫不要請名人為自己撰寫墓誌銘及碑文。

「塚上樹五株柏，墳高三尺，石翁仲獸不得用，蓋自標置者非千載永安計爾。不得作道佛二家齋醮。」宋祁怕後代將墳墓修得太豪華龐大，連墳高幾尺塚上植樹幾棵都有明確規定，而且要求不得做佛道法事。

「吾生平語言無過人者，慎無妄編綴作集。」在《治戒》的最後，宋祁還是反覆叮囑家人，說自己平生語言無過人之處，千萬不要編綴成集。

以宋祁的文史水準、官位品階，如果想大張旗鼓地宣傳自己，應該是很容易做到的，至少花邊八卦會更加多姿多彩。但他從沒以此炒作，除了繁臺街那次電光火石般的偶遇，他一生低調、樸實，就這樣簡單平常地走完了自己的一生。

少年不管，流光如箭。因循不覺韶光換。
至如今，始惜月滿、花滿、酒滿。
扁舟欲解垂楊岸，尚同歡宴，日斜歌闋將分散。
倚蘭橈，望水遠、天遠、人遠。（〈浪淘沙〉）

少年時，歲月如梭光陰似電，但少年的生活變化小，所以並不覺得年華流轉。到如今當人真的變老，才開始珍惜月滿，花滿，酒滿。月滿似花好月圓，花滿如才子佳人，酒滿乃高朋滿座。扁舟欲解，夕陽低垂，歡宴分散。倚船遠望，水遠，天遠，人遠……這遙遠而憂傷的旅行，充滿了離別的悲涼。匆匆人世，來來往往，花開了要謝，人聚了又散，心靈的小舟兀自漂泊在生命的大海中。浮生長恨歡愉少，也許唯有孤獨和別離，才是人生的常態吧。

嘉祐六年（一〇六一年），宋祁過世，年六十四。其子遵守《治戒》的訓導，不請諡號。後來張方平認為宋祁按禮法應得諡，於是為宋祁請旨，得諡號景文。

瀟灑貴公子，千古傷心人——晏幾道

晏幾道，字叔原，號小山，出身名門，才華蓋世，被譽為「宋詞小令第一人」。晏幾道是宰相晏殊的第七子，晏殊晚年得子，自是萬般寵愛。晏幾道天資聰穎，七歲就能寫文章，十四歲參加科舉高中進士，家中平素穿梭往來者非富即貴。晏幾道做為宰相幼子，生活上無憂無慮，官場上順風順水，個性上清高疏狂。這階段的詞多描寫此類生活。

春從何處歸，試向溪邊問。岸柳弄嬌黃，隴麥回青潤。
多情美少年，屈指芳菲近。誰寄嶺頭梅，來報江南信。（〈生查子〉）

官身幾日閒，世事何時足。君貌不長紅，我鬢無重綠。
榴花滿盞香，金縷多情曲。且盡眼中歡，莫嘆時光促。（〈生查子〉）

晏幾道仰仗父親的官階和威望，生活得瀟灑自在。直到父親去世，晏幾道才發覺一直依靠的大山轟然坍塌，自己春風得意的日子從此風流雲散，像所有曾被命運眷顧又被拋棄的人一樣。他迅速從嬌生慣養、清高任性的公子，變成了家道中落、潦倒落魄的貴族。這裡當然有「人走茶涼」的世態炎涼，但跟晏幾道的性格也不無關聯。

黃庭堅深知晏幾道的個性，他在給《小山集》作序時，說自己這位朋友實在是一個「痴人」。第一，老爸晏殊當官時候培養了很多人，但小山都不願攀附。第二，小山寫得一手好文，卻不肯以此作仕途敲門磚，不願應付考試作官樣文章。第三，小山家產豐厚但仗義疏財，最後窮到令家人常常面有菜色。第四，無論別人怎麼辜負他，他都不會記恨，反而始終對他人深信不疑。所以，黃庭堅的結論是：痴人！

古人講「痴」，相當於今天說的「不識時務」。小山的父親晏殊當年愛好文學，提拔了不少文人，范仲淹、歐陽修等都跟晏家常有往來。他們在某種程度上都很讚賞小山的文學才華，但是卻不太喜歡小山性格中的驕傲，希望他能謙虛謹慎些。但小山全然不顧這些明示暗示，照舊我行我素，絲毫不去逢迎官場中的人，所以他官位低微，始終不能飛黃騰達。

黃庭堅曾說小山：「固人英也，其痴亦自絕人！」意思是，小山的聰明才智絕對是人中豪傑，但其痴也絕非常人可比。這倒是有點像《紅樓夢》中的賈寶玉了，在虛擬的文學世界裡他們聰明絕頂，在殘酷的現實生活中他們寸步難行。因為他們看待社會人情的角度和眼光與常人有別，所以經常被世人看成「傻里傻氣」。

不肯摧眉折腰事權貴，小山正是這種人。他經歷過冷遇，承受過白眼，深深體會世態炎涼的悲哀，但他沒有沉淪，他將這種複雜的情緒和感情，交付給文學，寄託於愛情。

夢後樓臺高鎖，酒醒簾幕低垂。去年春恨卻來時。落花人獨立，微雨燕雙飛。

記得小蘋初見，兩重心字羅衣。琵琶弦上說相思。當時明月在，曾照彩雲歸。

小山寫過很多懷念歌女的詞，這首〈臨江仙〉正是他久負盛名的佳作，歷來被看作婉約詞中的絕唱。

上闋寫殘夢醒來，見到簾幕低垂，去年春天離別時的愁緒再次襲來。孤獨的詞人默默默站在庭中賞花，片片落英正如他凋零的心事。而庭中燕子正歡樂地在細密的春雨中雙飛，此情此景，令詞人更添寂寞。孤獨的人，雙飛的燕，也在這樣的對比下，映襯出心境的淒美。

下闋起，小山開始回憶往事，想起初遇小蘋時，她穿著繡有雙重「心」字的羅衣，暗含心心相印之情。輕柔的手指彈著美妙的琵琶，訴說著無盡的相思。良辰美景，才子佳人，賞心樂事。那晚明月當空，曾經照亮了小蘋回家的路，而她美麗的倩影也如月夜的彩雲，始終縈繞心頭，揮之不去。前塵往事，在這樣一個酒醒後的夜晚清晰地記起，虛實相應，時空交錯，從現實的景物寫到心中的真情，雖有孤單之意，卻無愁涼之感。月夜裡的深情，細雨中的飛燕，落花下的詞人，也從此被賦予了蘊藉深遠的神韻，傳唱千古。

陳廷焯在《白雨齋詞話》中稱讚這首詞「既閒雅，又沉著，當時更無敵手」。千年後，人們再讀〈臨江仙〉不免感嘆，後世也罕見敵手。值得注意的是，小山在這首詞裡提到的小蘋，還有另外蓮、鴻、雲等幾位美麗聰明的歌女，都是小山詞中經常閃現的名字。這些姑娘原是小山的兩位好友陳君龍和沈廉叔家裡養的歌女，因為聰明伶俐，所以在小山他們幾人舉杯暢飲時，常常被請來唱歌助興，醒酒解悶。但有時候，流行的歌詞粗鄙難聽，於是小山就親自動手撰寫，讓歌女們演唱。

可惜好花不常開，好景不常在。後來陳君龍病重，沈廉叔身亡，兩家的歌女多被遣散，各自帶著小山的詞作流落民間。她們依然在唱小山詞，唱其中的盛衰、悲歡、離合，唱自己身世的飄零，也唱小山對命運的哀愁和嘆息。而此時，小山也在追憶逝去的快樂生活，這首〈臨江仙〉正是懷念歌女小蘋之作。

都說人生一世，草木一秋，所以無數官場中人都希望用自己的拚搏奮鬥換來仕途的如意，但晏幾道卻不肯寫官樣文章示人，而是將數不盡的柔情給了深夜裡的相思、夢醒後的惆悵。「無翼而飛者，聲也；無根而固者，情也。」小山正是以無比深情的筆觸，為後世詞史寫下一曲曲絕唱。

彩袖殷勤捧玉鐘，當年拚卻醉顏紅。舞低楊柳樓心月，歌盡桃花扇底風。

從別後，憶相逢，幾回魂夢與君同？今宵剩把銀釭照，猶恐相逢是夢中。

讀小山詞，似乎總能發現一個迷離婉約的夢境——在那裡，他與情人約會，與往事乾杯。如夢似幻，常常分不清哪裡是現實，哪裡是夢境。這首〈鷓鴣天〉也是從回憶入手，寫當年與「你」相會時，你衣著華美俊秀多情，殷勤地勸我飲酒；而我也在這份熱情中痛飲，醉到滿面通紅。縱情歌舞，直到月亮退去黎明將至，直到快樂地手搖桃花扇搖到精疲力竭。

盡情盡興後便是離別，離別後，總是回憶相逢相遇的時刻。魂牽夢繞，幾次在夢中都與你重逢。今夜真的與你相逢，卻有種恍惚不真實的感覺，一次次手把銀燈細細看去，害怕這次的相逢又是自己虛幻的美夢！

「久別重逢」本是人生常態，把酒言歡，涕泗橫流，或言別後經歷，或嘆人世變遷，千言萬語湧上心頭，萬千感慨皆是人之常情。但到了小山手裡，重逢卻變得夢一般縹緲迷離。前塵如夢，多少次夢醒後的惆悵失落，已經讓人不敢再相信現實。能夠把夢境描繪得如此真實，又將現實描寫得如此夢幻，恐怕非小山莫屬。馮煦說小山是「古之傷心人也」，又說他與李煜、秦觀都是「詞中美少年」，說的也正是這份「用情至深」。因為只有少年的真純之心，才能讓感情散發出沁人心脾的芳香。而小山詞，幾乎每一首都彌漫著醉人的花香與酒香。

醉拍春衫惜舊香，天將離恨惱疏狂。年年陌上生秋草，日日樓中到夕陽。

雲渺渺，水茫茫，征人歸路許多長。相思本是無憑語，莫向花箋費淚行！

這首〈鷓鴣天〉，起筆又是一個「醉」字，醉後方知酒濃，愛過才知情重。醉拍春衫，依然憐惜衣服上舊情人遺留的香氣。想到這裡，不由得怨天尤人，老天總是用離愁別恨，來困擾我這疏狂之人。秋草年年滿原野，樓前天天落夕陽。但是山水縹緲，征人的歸路啊，還是無比漫長。相思這樣的感情本來就是無從訴說的，所以我還是收拾好心情，不要在書信裡白白浪費感情了吧！可是，除此之外，詞人對排解憂愁，似乎又別無他法。「莫向花箋費淚行」雖然說得決絕淒婉，卻更襯托出詞人的一片深情。而「天將離恨惱疏狂」，某種程度上，也是其落拓不羈的性格寫真。該詞寂寞中有灑脫，瀟灑中有失落，可謂形神兼備，情深味濃。

晏幾道在父親亡故後，曾去投奔過其生前的朋友。但世易時移，當年仰望晏殊的人如今也就微微俯視晏幾道而已，淡淡地說幾句：你的性子還是要收斂些。晏幾道哪裡受過這樣的冷淡，於是終其一生都再也不肯去結識富貴名流。世態炎涼，讓這位情深又率真的貴公子，變得更加任性狂狷，變成黃庭堅口中的「痴人」！

黃庭堅雖然生活也很坎坷，但總算是晏幾道朋友裡最有名氣的人了。黃庭堅為了小山的前途，常在老師面前稱讚小山的才華，終於慢慢引起了老師的注意。黃庭堅的老師也是愛才憐才之人，所以便託黃庭堅轉達，想見一下晏幾道。但晏幾道並不領情，他說：「現在朝中大官，一半都出自我父親的門下，想巴結的話，早就下手了。」於是，黃庭堅老師的面子就這樣被駁回了。

而這位老師正是中國文學史上大名鼎鼎的蘇東坡。蘇東坡也是率真之人，如果他真能與晏幾道相逢，其惺惺相惜可能會對詞學的發展產生一定的作用，甚至會改寫晏幾道的人生。可惜這些猜測終究無法驗證，而晏幾道也只能沿著自己的道路坎坷前行，並不斷回憶那些塞滿愛戀與深情的日子。

淡水三年歡意，危弦幾夜離情。曉霜紅葉舞歸程。

客情今古道，秋夢短長亭。
淥酒尊前清淚，陽關疊裡離聲。少陵詩思舊才名。
雲鴻相約處，煙霧九重城。（〈臨江仙〉）

鬥草階前初見，穿針樓上曾逢。羅裙香露玉釵風。
靚妝眉沁綠，羞臉粉生紅。
流水便隨春遠，行雲終與誰同。酒醒長恨錦屏空。
相尋夢裡路，飛雨落花中。（〈臨江仙〉）

醉別西樓醒不記，春夢秋雲，聚散真容易。
斜月半窗還少睡，畫屏閒展吳山翠。
衣上酒痕詩裡字，點點行行，總是淒涼意。
紅燭自憐無好計，夜寒空替人垂淚。（〈蝶戀花〉）

晚年的晏幾道，才情和名氣早已超過了父親晏殊，權勢正盛的蔡京都忍不住來求晏幾道寫詞。晏幾道推托不掉，便寫了兩首〈鷓鴣天〉，但只是歌詠太平，完全沒提蔡京。年逾古稀，依然任性，痴心不改。

宋徽宗大觀四年（一一一〇年），晏幾道安然離世，所有的富貴與寂寞都煙消雲散了。唯有他嘔心瀝血的《小山詞》，歷久彌新，依然在講述著他一生的瀟灑與寂寞……

杯中酒，手底文，月下美人——歐陽修

都說詩酒趁年華！詩與酒是古典生活中最令人愜意開懷的。對酒當歌人生幾何，從劉伶醉酒杜康佳釀，到李白鬥酒詩百篇，說起酒朋詩侶的故事來，實在是車載斗量，不可勝數。但能喝到文學家這個段位的，古往今來倒並不多見。能喝出典故，喝出情懷，喝出人生態度的恐怕就只有歐陽修一人了。

歐陽修字永叔，號醉翁，是北宋時期著名的政治家，不可多得的文學巨匠。歐陽修童年生活比較坎坷，父親在他三歲的時候就過世了，母親無奈，只能帶著他投奔叔叔。雖是寄人籬下，但歐陽修的母親是大家閨秀，很重視對孩子的教育，經常拿著荻稈在沙地上教歐陽修寫字。而歐陽修的叔叔雖然家境並不富裕，但對小姪子也是關懷備至，噓寒問暖。所以，歐陽修的童年生活可說是比較幸福的。春風化雨般的家庭教育讓歐陽修養成了良好的習慣。

很多人天生聰明卻生性懶惰，年輕時或可依仗才氣出類拔萃一段時間，但因不能踏實積累，及至中年後反而沒什麼成就。歐陽修卻不是這種人。他不但聰敏好學，從別人家借書抄讀，書還沒抄完，已經能背誦了。而且他勤奮刻苦，手不釋卷，習作詩詞歌賦，文筆老練生動。他的叔叔從他身上看到了家族的未來，於是對歐陽修的母親說，這個孩子以後不但能光宗耀祖而且必然聞名天下。在全家人的精心培育下，小歐陽修茁壯成長，度過了美好的少年時代。

前兩次科舉歐陽修都意外落選，到了西元一〇二九年，他在國子監組織的考試中，先後取得三個第一名，連中監元、解元和省元。歐陽修信心滿滿，覺得自己肯定會中狀元，於是做了一身新衣裳，準備殿試再穿。結果，有天晚上，比歐陽修小幾歲的同學王拱辰，把歐陽修的袍子翻出來穿到自己身上，還淘氣地說：「哎呀，我穿上狀元袍子啦！」猜想當時肯定鬧得大家哭笑不得。沒想到殿試的時候，這個王拱辰真的高中狀元，歐陽修卻被仁宗評為二甲進士及第，唱十四名。雖然沒得狀元，但歐陽修名次不錯，所以仕途生活還是熱辣辣地展開了。

在初入仕途的前三年裡，歐陽修少時的勤奮開始結出累累碩果，他憑藉自己的天分和努力，開始在文壇聲名鵲起，並與號稱「宋詩開山鼻祖」的梅堯臣等人結下了深厚的友誼。西元一〇三二年，歐陽修與梅堯臣在洛陽城東故地重遊。世易時移最能牽動心情，歐陽修對人生的聚散無常很是感慨。

把酒祝東風，且共從容，垂楊紫陌洛城東。總是當時攜手處，遊遍芳叢。
聚散苦匆匆，此恨無窮，今年花勝去年紅。可惜明年花更好，知與誰同？

這首詞起筆就奠定了該篇的基調：「把酒祝東風」，端起酒杯，問候春天，希望你能與我相伴。洛城繁華，街道寬闊，垂柳依依。去年此時，我們就是這樣攜手遊春，遍覽花叢。上闋的回憶很快截住，下闋從故地重遊的感慨，昇華到人生無常的層面。「聚散苦匆匆」，人生聚散，總是匆匆忙忙，時光不肯為任何人停留，只能讓我們多添遺恨。今年的花開得比去年更美麗，可惜，即便明年的花開得比今年還要豔麗動人，也不知道該與誰同行賞春？

在撫今追昔的時候，又不免感慨未來。在去年、今年、明年的時光交織裡，歐陽修看到了人生聚散背後的無奈與無常。明年的花可能開得更好，但沒有了知己相隨，再旖旎的春色也變得無所謂，於是賞春之後不免留下傷春的嘆息。那麼，不如「把酒祝東風」，好好珍惜時光，把握當下相聚的歡樂。故而後人讚這首〈浪淘沙〉「深情如水，行氣如虹」。這八個字似乎也是對歐陽修品行的概括。而「把酒」一事由此成了歐陽修生活的常態。

歐陽修的這一習慣應該與初入仕途時的上司錢惟演密切相關。錢惟演出身貴族，非常欣賞青年才俊。歐陽修等小官初入職場，本來可能要做些瑣碎的事情，但錢惟演從不讓這些小事打擾他們，還經常在經濟上資助他們吃喝玩樂。於是，歐陽修經常找小夥伴出去遊山玩水，組團吟詩作賦，也有了更多的時間、精力和熱情去打磨自己的古文。他效仿先秦古法，打破陳腐的積習，探索出了平易樸實的文風，將古文發展推向了新的高峰。當然，在推動古文進步的同時，歐陽修也積極從事自己一生鍾愛的飲酒事業。

堤上遊人逐畫船，拍堤春水四垂天。綠楊樓外出秋千。
白髮戴花君莫笑，六么催拍盞頻傳。人生何處似樽前！（〈浣溪沙〉）

歐陽修不但喝酒，而且喝出了很多花樣。他組織大家圍坐一團，然後傳酒杯接力，傳到誰誰就喝酒。遊客與畫船穿梭往來，綠柳依依，春水拍岸，人生還有什麼快意的事能比得上暢飲杯中美酒呢？歐陽修飲得酣暢淋漓，醉得忘懷得失。人生在世，總該有幾次這樣的恣意妄為吧！所謂「醉翁之意不在酒」，正是歐陽修留給後世的精神瑰寶。

嘉祐元年（一〇五六年），歐陽修的朋友劉敞被任命為揚州太守，在踐行宴會上，歐陽修很是感慨，作了一首〈朝中措〉相贈：

平山闌檻倚晴空，山色有無中。手種堂前垂柳，別來幾度春風。

文章太守，揮毫萬字，一飲千鍾。行樂直須年少，樽前看取衰翁。

早在一〇四八年，歐陽修曾做過揚州太守，他在揚州城大明寺修建了一座「平山堂」。多年之後，歐陽修已回朝做了高官，但朋友將要去揚州，少不得心裡百感交集。所以他為朋友描述了那裡的景色：平山堂外朗朗晴空，山色迷濛似有還無。當年我親手種下的垂柳，轉眼間離開它們已經好幾年了。這兩句看似閒話，卻將世間變化藏於無形，納於筆端，無數心事被掩於垂柳春風之中。下闋歐陽修又寫到自己，說我這個太守很喜歡寫文章，下筆就是萬言；而這個太守也很喜歡喝酒，痛飲便是千杯。最後兩句，他又提醒年輕人，行樂要趁年少啊，不然你看樽前的那個老頭兒已經衰弱得快不行了！

彼時，歐陽修已近知天命的年齡，「衰翁」二字看來似乎有些消極，但通篇讀來卻毫無遲滯感。而且，歐陽修詞中的蒼涼頓挫，沉鬱豪邁，都隨之滾滾而來。雖然是勸人珍惜時光，又逢餞別知己，但絲毫沒有頹廢之情，反給人闊達樂觀之意。

歐陽修的仕途不像晏殊那麼平順，他幾次被貶，宦海沉浮，對時事、世事與人事看得分外透澈，但歐陽修從未被這些仕途的坎坷打倒。「座上客常滿，樽中酒不空」一直是他的座右銘，他將歲月給予他的磨難全都消化掉，化成醉臥紅塵的瀟灑，縱論古今的豪放。正是這樣的心胸和氣度，才成全了他文學上的地位和成就。

在蘇軾還沒有成名前，歐陽修無疑是文壇泰斗。這樣等級的人常常是不願意退居歷史二線的，有些人甚至會霸占資源、打壓後輩，妄圖鞏固自己的地位。但歐陽修胸襟開闊，為人放達，敢於提攜後輩。相傳，蘇軾兄弟雙雙中進士不久，歐陽修偶然讀到蘇軾的文章，心中很是稱讚。他慧眼識珠，看出蘇軾將來必成一代文豪：「吾老矣，當放此子出一頭地。」此事不脛而走，一時被引為文壇佳話。後來，歐陽修在和兒子議論文章的時候，提到蘇軾，說三十年後便沒有人會再提起自己，恐怕「只知東坡，不知歐陽」。

儘管知道歷史的規律始終是「新人換舊人」，但歐陽修依然堅持扶持後輩，曾鞏、王安石等古文大家，在還是布衣時，都得到過歐陽修的提攜和讚賞。與此同時，歐陽修的學習熱情絲毫沒有隨著歲月的流逝而變淡。晚年的歐陽修經常將自己年輕時的文章拿出來修改，他的妻子勸他說：「都這麼大歲數了，何必費這個心。你又不是小孩子，難道怕先生罵？」歐陽修說：「不怕先生罵，卻怕後生笑。」歐陽修的勤奮刻苦最終成就了一代文學巨匠，他被後世列入「千古文章四大家」、「唐宋散文八大家」。

除了杯酒文章外，歐陽修詞作的另一個主題就是閨愁。

庭院深深深幾許，楊柳堆煙，簾幕無重數。玉勒雕鞍遊冶處，樓高不見章臺路。

雨橫風狂三月暮，門掩黃昏，無計留春住。淚眼問花花不語，亂紅飛過秋千去。

這首〈蝶戀花〉寫的是深閨傷春之情。從上闋庭院深深的寂寞，到下闋的春光不復美人遲暮，歐陽修細膩地描繪了女主人公想見意中人，苦盼意中人，見不到意中人的情感變化過程。從深深庭院重重簾幕，到風狂雨驟亂紅秋千，歐陽修用字獨特，層層深入，用無言的「景語」襯托出無言以對的「情語」，情致深婉，令人動容。而這首詞也被譽為歐陽修閨情詞中的典範。

除了樓上美人，歐陽修還寫月下美人。

去年元夜時，花市燈如畫。月上柳梢頭，人約黃昏後。
今年元夜時，月與燈依舊。不見去年人，淚濕春衫袖。

這首〈生查子〉（元夕）是歐陽修的代表作，有傳可能是朱淑真或秦觀所作，不可考。也有人認為是歐陽修懷念第二個妻子時所作，亦不可考。但不管其誕生原因是約會還是悼念，〈生查子〉無疑都是描寫元宵佳節的絕讚之作。

古代的「元宵節」相當於如今的「情人節」，《歲時雜記》云：「自非貧人，家家設燈。」《東京夢華錄》裡說，元宵節時「燈山上彩，金碧相射，錦繡交輝」。宋朝經濟發達，遇到元宵節更是放五天長假，舉國同慶。在這樣人山人海、亮如白晝的夜晚，青年男女的幽期密會，就在這樣的時節慢慢展開。

去年的元宵佳節，花燈璀璨，詞人與意中人月下相約；今年佳節又至，月在，燈在，驀然回首時，卻發現不見了去年的佳人。其悵然若失之情猶如一支憂傷的樂曲，盤旋耳畔，久久不散。這似乎又在某些方面暗示了人生的無常。「人生何處似樽前」，有時候，「行樂直須年少」，珍惜眼前，活在當下，真的是比什麼都重要。

歐陽修是北宋詩文革新運動的領袖，因喜好喝酒所以號「醉翁」，晚年號「六一居士」。這一生，盛名、清酒、美人，世間男人的終極夢想，都被歐陽修一一實現了。

第五章

文人的天空

成敗皆起於澶淵——寇準

波渺渺，柳依依。孤村芳草遠，斜日杏花飛。
江南春盡離腸斷，蘋滿汀洲人未歸。（〈江南春〉）

那些被貶官的日子裡，化不開的濃愁是寇準最熟悉的情緒。落日，孤村，斜雨，依依綠柳，渺渺煙波，春將盡，人未歸。時光飛逝，自己依然是他鄉過客。前塵往事，歷歷在目，但恍然又覺得那是很久以前的故事。

寇準一生風光，宋太宗時官至副宰相，很受倚重。及至真宗前期，更是官至宰相，一人之下，萬人之上，很得真宗的信賴。但歷史的輪盤緩緩旋轉，時光碾壓後的碎片裡有信任，有懷疑，有倚重，有拋棄……春色將逝，鶯聲漸老，遍地落紅。煙雨濛濛的季節最適合懷念往事。倚樓無語，只看到長空暗淡，天連衰草。寇準將這樣夕陽殘照的景致，失望落寞的心情，都寫進自己的詞裡。

春色將闌，鶯聲漸老，紅英落盡青梅小。
畫堂人靜雨濛濛，屏山半掩餘香嫋。
密約沉沉，離情杳杳，菱花塵滿慵將照。
倚樓無語欲銷魂，長空黯淡連芳草。（〈踏莎行〉）

像寇準這樣的歷史人物，曾深深影響過宋代歷史，甚至說他曾改寫過歷史也不為過。但無論有過怎樣輝煌的經歷，晚年的寇準卻被貶官到雷州。遙遠的故鄉，難捨的仕途，都在春天的暮色中漸漸升起，化作心頭泛起的苦澀記憶。也許人生像一枚有故事的硬幣，正面是驚心動魄的奪權，血雨腥風的戰爭，高端大氣上檔次的滾滾時代洪流；反面卻是數不盡的悲歡離合，恨無常的喜怒哀樂，跨不過的平凡四季。於是，在代代相傳的故事裡，有綿綿不絕的歷史，也有跌宕起伏的人生……

寇準原本出身望族，天資聰慧，勤勉好學，二十歲就高中進士，很得太宗的賞識。

據說當年宋太宗選官時，喜歡選些年老持重的人，於是有人偷偷跟寇準說，不如把年齡填大一點，結果寇準斷然拒絕了這提議。「準方進取，可欺君耶？」他覺得自己剛踏入仕途，怎麼能一開始就撒謊呢？這種高冷的氣質硬是把別人的好意給駁回了。按理說，古代為官應該隨方就圓，才更容易借力使力，青雲直上。但寇準完全不受這種約束的限制，就這樣任性地開始了自己的仕途。也是後來，人們才漸漸發現，寇準的任性來源於太宗的寵愛。

比如有一次，宋太宗因為寇準所奏之事跟自己意見不合，一氣之下拂袖而去。說起來，宋朝皇帝的修養真是相當不錯，朝政出現紛爭常常先克制自己，即便真的發怒也頂多拍案而起，不像其他朝代的很多皇帝，一言不合立刻拉黑，拖出去就斬了，群臣的腦袋猶如球場上的皮球，分分鐘面臨「搬家」的危險。所以，宋太宗雖然生氣，也只是拂袖離開而已。沒想到這麼點小願望也不能實現，宋太宗回頭一看，寇準居然上前一步拉住了自己的袖子，硬是把太宗拉回到御座上，直到問題最終解決。宋太宗說到底也是個「奇葩」，不但不生氣，還在此事過後逢人就誇寇準，「朕得寇準，猶文皇之得魏徵也。」自唐之後，「魏徵獎」算得上是官方認定的公務員系統內部最高獎了，相當於如今電影界的奧斯卡獎。寇準被太宗這樣認定，相當於頒發了「終身成就獎」，外加「特別貢獻獎」。某種程度上，寇準可以說是沾了敢於「直言進諫」的榮光。

但寇準這性子用好了是無往不勝的利劍，用不好也有摧折的時候。有一次他跟人發生爭吵，當著宋太宗的面就跟其他官員互相揭短，惹得太宗龍顏大怒，把他貶往青州。宋太宗當然不是不愛他，而是愛之深責之切，希望他能在外面吃點苦頭收斂下性子，更懂方圓之道。所以一年後，宋太宗完全不顧周圍人的挑撥，力排眾議，召寇準回京，並擢升為副宰相。

寇準返京，宋太宗喜出望外，多少有點撒嬌的意思，把自己患了病的腳丫伸給寇準看，還嘟嘟囔囔：「你怎麼來得這樣遲？」旁人都看得出太宗神采裡的那份親密了，不料寇準毫不領情，很官方地說：「臣非召不得入京。」意思是你把我流放出去，現在還來怨我離開你嗎？宋太宗賣萌失敗，還碰了一鼻子灰，一腔相思的熱情都被冷成滿腹冰水，知道寇準這稜角，就是再過多少年，也不是歲月能磨平的。

雖覺無奈，但宋太宗對寇準的信賴卻絲毫不減，此番召他回京，正是要商討「立太子」一事。古往今來，「立太子」始終是牽動各方政治利益的最終博奕。這裡既含著天下的重任，也涉及皇帝的家務事，無數文臣武將都在「皇儲廢立」的事情上栽了跟頭，有的背了一世惡名，有的雖一時得勢卻最終惹來殺身之禍，賠了官位，丟了性命。在這場激烈的皇權爭奪戰中，絕少有人能全身而退。就是宋太宗本人，到底是繼位還是篡位也是眾說紛紜。而如今，這樣刀光劍影的敏感話題，正擺在寇準的面前。

寇準略一思索，馬上回太宗，說這種立太子的事，有三種人的意見不能參考：一是後妃，二是宦官，三是近臣。言外之意，這三種人由於和太子都有密切的利益關係，肯定會推薦對自己有利的人。太宗一聽，深以為意，趕緊屏退了周圍閒雜人等，和寇準進一步商量。太宗問：「襄王怎麼樣？」寇準一聽皇上心中已經有了人選，於是順水推舟，說：「知子莫若父。」太宗很高興，覺得寇準和自己心意相通，非常高興，於是果斷立襄王趙恆為皇太子，也就是後來的宋真宗。對於這種世紀性難題，寇準都能輕鬆化解，可見他審時度勢的方面確有特長，宋太宗素來寵愛他也不是沒理由的。

宋太宗對寇準的寵愛似乎還不止於此。據說有人給太宗進貢了通天犀，太宗就命上等工匠做成兩條漂亮的腰帶，一條自己用，一條賜給寇準。他們雖然沒用一個鼻孔出氣，卻繫上了限量版的同款腰帶，可見二人情深意切，非比尋常。但人生的歡愉總是短暫的，更多的是連綿不斷的離別，千姿百態的考驗。

太宗離世真宗繼位之後，宋朝與遼國間的戰事愈加緊迫，雙方長久對峙難分勝負。金庸曾在《天龍八部》裡描寫過這段大歷史下很多解不開的刻骨仇恨。當時的遼國軍大舉入侵，宋朝軍隊不敢應戰，朝廷裡主戰派與主和派各執一詞。寇準力主抗敵，而且信心百倍，不但用自己的勇氣和熱情深深打動了宋真宗，還成功說服了真宗御駕親征。結果，遼國軍兵臨城下，宋真宗嚇得魂不附體，趕緊派人去尋寇準的蹤影。

此時的寇準，正在城樓上與將士們飲酒，碰杯聲罰酒聲朗笑聲聲聲入耳，響徹內外，連契丹軍營裡都聽得到。城外危機四伏，寇準卻在城頭談笑風生，其孔明般的從容淡定深深鼓舞了真宗。真宗大喜：「寇準如此，吾復何憂？」隨後，在真宗親征的鼓舞下，將士們的鬥志被激發出來，澶淵之戰宋軍大獲全勝。但宋真宗畢竟膽小，好端端的戰勝國，竟然以妥協退讓求團結，以納稅進貢換和平，簽訂了息事寧人辱宋敗國的澶淵之盟。

事情似乎還沒有結束。戰爭的硝煙還沒散盡，便有人挑撥離間，跟真宗打小報告，說寇準用皇帝的生死安危給戰爭的成敗下賭注，實是對皇帝的大不敬。真宗想想，也覺得自己被寇準糊弄了，心裡漸漸生出了隔閡。日久天長，寇準為人耿直，得罪了很多同僚，眾口鑠金，真宗果然慢慢猜疑起寇準來。寇準一生最為人稱道的就是澶淵之戰的勝利，但也因此被真宗疏遠，真是成也澶淵，敗也澶淵！

寇準為人雖正直坦率，但識人的眼光卻很差。早年時，老臣王旦十分賞識他，並在太宗面前推薦他做宰相。他不但沒有感恩老臣的提攜，還經常上奏摺揭發王旦的短處，鬧得連太宗也替王旦叫屈。不懂善待前輩不說，寇準門下居然還出了丁謂那樣的奸臣。丁謂後來經常聯合其他人排擠寇準，一直將寇準擠出朝廷，被貶官到千山萬水之外，方才事罷甘休。

寇準在被貶官外放這段時間創作了一些詩詞，多是「萋萋芳草喻離情」的主題，惆悵中牽扯出許多對君王的感念。多年的宦海沉浮，都隨著歲月慢慢消散，唯有當年太宗伸足疾的那份親暱，隨著仕途的跌跌起起，人生的坎坎坷坷，顯出更深的恩寵和情義。

虛堂寂寂草蟲鳴，欹枕難忘是舊情。斜月半軒疏樹影，夜深風露更淒清。（〈虛堂〉）

西元一〇二三年，寇準發覺自己的身體越來越差，六十三歲的他似乎對未來多了一絲敏銳的察覺。他派人趕回洛陽老家取來當年太宗所賜的那條腰帶。九月七日，他焚香沐浴，更換朝服，束通天犀帶，向北朝拜，隨後安然躺於臥榻，悄然離世，病死在雷州。同年九月二十三日，宋仁宗已決定調寇準回到離京較近的衡陽任職。但此時，寇準離世的消息正奔跑在送往京城的路上。兩條消息一喜一悲，在人生長路上，在快馬加鞭下，竟然就這樣擦身而過了。

太平宰相，珠玉人生——晏殊

中國傳統文人的生活標配，基本是「一團和氣，兩句歪詩，三斤黃酒，四季衣裳」。所謂「學而優則仕」，所求也不過是寬裕的物質生活和從容的精神世界。而將這兩方面生活演繹到幾近完美的，莫過於北宋宰相晏殊。

晏殊，字同叔，十五歲的時候應神童試，宋真宗召他跟上千進士同廷應考，結果小晏殊從容鎮定，提筆成文。真宗大喜，賜晏殊進士出身。過了兩天，又要考詩、賦、論，晏殊拿過題一看，趕緊上奏，說皇上這些題我之前做過，請換另外的題來測試我。真宗被晏殊的才華和真誠打動，非常讚賞他的態度，留他在祕閣繼續讀書深造，很快升至翰林學士。此後的晏殊仕途雖偶有小波折，總體上平穩坦蕩，非普通人所能比。

都說性格決定命運，但命運有時候也能影響性格。比如晏殊，他早早過上了衣食無憂的日子，在很多年輕人為功名利祿擠破頭時，晏殊已經開啟了閒雅自如的人生新高度。

檻菊愁煙蘭泣露，羅幕輕寒，燕子雙飛去。
明月不諳離恨苦，斜光到曉穿朱戶。
昨夜西風凋碧樹，獨上高樓，望盡天涯路。
欲寄彩箋兼尺素，山長水闊知何處？

這首〈蝶戀花〉是婉約詞中的名篇，也是晏殊的代表作。「離愁別恨」這一主題的詩詞，通常以憂傷為基調，感傷為線索，悲傷為內核，言語細膩淒婉，讀之令人心碎。但晏殊的這首詞，「獨上高樓」的孤獨，「望盡天涯」的落寞，「山長水闊」的襟懷，處處顯示出作者深廣的氣度。其格局之開闊，意境之悠遠，蒼涼悲壯處升起的雄渾激越之感，實屬難得。這固然是晏殊文思巧妙才華使然，另一方面也展現了晏殊平淡沖和的性格。

紅箋小字，說盡平生意。鴻雁在雲魚在水，惆悵此情難寄！

斜陽獨倚西樓，遙山恰對簾鉤。人面不知何處，綠波依舊東流。（〈清平樂〉）

綿綿情思，平生愛慕，都鋪敘在一方小巧的信箋上。鴻雁在雲端翱翔，魚兒在水中暢游，暗指「鴻雁傳書」、「魚傳尺素」均不可實現，所以我滿腹的惆悵之情，也不知該如何傳遞給你。託書不成，下闋轉而借景抒情。斜暉脈脈，高樓獨倚，遙遠的群山恰好對著窗前的簾鉤，人面桃花不如何處去，唯有門前綠波水，依舊向東流。言雖有盡，但韻味無窮。

這首小詞也是感傷懷人的主題。晏殊用斜陽、紅箋、綠波等景物烘托環境，表達心情。心中雖然萬千感慨，但也化為柔和的情思，婉轉道來。不控訴，不怨恨，語淡情深，含蓄克制。這是晏殊的性格，也是晏殊詞作的風格：沖淡平和，清秀穩健。

晏殊少年得志，生活安穩，仕途一帆風順。太平宰相的經歷，讓他養成了含蓄、優雅、清健的詞風。讀書人最期待的「修身、齊家、治國、平天下」的理想，對於晏殊來說，實在容易得很。所以，他不需費力掙扎，不用痛苦糾結，就養成了普通人所不可企及的風雅。

在晏殊的詞作裡，有哀愁，卻沒有絕望的哀號；有惆悵，卻沒有汪洋恣肆的宣洩；有深情，卻不是濃煙香軟的俚俗。晏殊的詞，永遠有著一種內斂又獨特的美，有一種適度也守禮的矜持。那是身分的約束，也是經歷的造就，人淡如菊，說的正是這種風致，而晏殊也用這樣的心態看待自然與世界。

春天是這樣的——

燕子來時新社，梨花落後清明。
池上碧苔三四點，葉底黃鸝一兩聲。日長飛絮輕。
巧笑東鄰女伴，採桑徑裡逢迎。
疑怪昨宵春夢好，元是今朝鬥草贏。笑從雙臉生。（〈破陣子〉）

花紅柳綠的春天，萬蕊吐芳。梨花白，池苔綠，黃鸝鳴，柳絮輕，鄰家姑娘採桑忙。想起昨夜做了個好夢，才知道原來是暗指今天「鬥草」贏。雖然只是遊戲而已，但還是忍不住開心得笑起來，兩頰生花，笑意在唇邊蕩漾。春天的氣息就這樣撲面而來，細膩的白描手法，散發著青春的活力，也充滿了質樸和純潔。

秋天是這樣的——

> 芙蓉金菊鬥馨香，天氣欲重陽。
> 遠村秋色如畫，紅樹間疏黃。
> 流水淡，碧天長，路茫茫。
> 憑高目斷，鴻雁來時，無限思量。（〈訴衷情〉）

這首詞上闋描寫的是滿滿的秋色。重陽時節，金菊與芙蓉爭奇鬥妍。遠處的鄉村，秋天的景色如畫般美麗，霜葉染成的紅樹林裡，透出稀疏的黃葉。下闋起筆三句繼續寫景色：溪水清澈明淨，秋高氣爽，長天萬里無雲，蒼茫天地一望無垠，遼闊至極。最後三句，晏殊表達了自己的感情：登高遠眺，在這壯闊的秋天裡，看鴻雁飛來，引起對遠方親友的懷念。

晏殊一生仕途平坦，性情散淡，所以對人生的起落，總能平靜地面對。寫作〈訴衷情〉時，晏殊被貶到陳州（今河南省淮陽縣）知州已六年，登高懷人自然免不了觸景生情。但在晏殊的詞裡，色彩斑斕的秋天依然這麼可愛。高天流雲，氣爽心靜，多少坎坷在他的眼底都變得含蓄溫潤起來。古人常說的「傷春悲秋」，在晏殊的詞裡幾乎是尋不到的。哪怕是聚散離別，在晏殊的筆下，也能變成暖暖的回憶。

小閣重簾有燕過，晚花紅片落庭莎。曲欄干影入涼波。
一霎好風生翠幕，幾回疏雨滴圓荷。酒醒人散得愁多。（〈浣溪沙〉）

小樓重重簾幕外，有飛燕掠過。傍晚的庭院裡，暮春多雨，凋零的花朵被雨水紛紛打落。池水生寒，池邊的欄杆倒影也已沒入池塘的碧波。一陣清風吹得翠幕生寒，幾次疏雨滴落在荷葉上。這樣清冷的環境總會讓人覺出孤獨和寂寞，「人生聚散總無常」，多少會生出些悲涼。但晏殊筆鋒一轉，在詞作的最後一句，寫自己剛剛酒醒，發現客人都散了，所以心裡生了幾絲愁緒，將之前醞釀的頗具悲傷氣氛的「離散」主題，隨手化解成暢飲歡聚後的「富貴閒愁」。很多詞人喜歡用誇張華麗的詞語寫自己優越的生活，描摹空虛孤獨，抒發寂寞無聊，可費盡心思，總不能得其要義。等這種生活放到晏殊筆下，簡直是信手拈來，生活優越閒散的韻味輕輕巧巧就能展露無遺。

晏殊自己曾說：「余每吟詠富貴，不言金玉錦繡，而悅其氣象。」吟詠富貴，如果只是堆積華麗的辭藻，在晏殊看來，表面上花團錦簇，但充其量只是精神上的「暴發戶」。而真正的貴族，應該是從靈魂深處散發出氣象萬千的雅量，舉手投足都應該是優雅的、得體的。所以，讀晏殊的詞，總能讀出清雅散淡的含蓄，珠圓玉潤的光芒。

除了端莊雋永的韻味外，晏殊的詞中還時常閃現對世間「永恆與無常」的思索。

一向年光有限身，等閒離別易銷魂，酒筵歌席莫辭頻。
滿目山河空念遠，落花風雨更傷春，不如憐取眼前人。（〈浣溪沙〉）

這首詞的主旨講的是時光易老，世事無常，以及應該用怎樣的態度面對人生。開篇起筆就寫了生命有限，光陰似箭，離別之前最是傷人。良友相對，理應推杯換盞，對酒當歌，唯及時行樂方能排遣抑鬱。登臨望遠，滿目山河遼闊，想起友人更添惆悵。獨自在園中徘徊，見到殘花在風雨中飄落，也更令人感慨春光易逝。所以，不如把酒言歡，珍惜眼前的歡樂，珍惜正在身邊陪伴自己的人。全詞意境高遠，情感壯闊，眼光獨到，提醒人應立足現實，把握當下。

晏殊曾在萬眾矚目下以進士出身閃亮登場，開啟了自己的錦繡前程，可說是非常幸運的。但他能從八九級芝麻小官開始，一路走到朝廷的一品大員，這裡固然有機緣巧合，想來與晏殊良好的心態不無關聯。能好好珍惜眼前的一切，才能牢牢把握幸福的人生。

說到心態，晏殊與晏幾道父子之間倒是截然不同。晏幾道出身名門，但個性狂狷，常常混淆現實與夢境，在生活中常有出離感，無法全身心融入，只能反覆追問：「幾回魂夢與君同？今宵剩把銀釭照，猶恐相逢是夢中。」反觀晏殊，他出身寒門，但秉持「滿目山河空念遠……不如憐取眼前人」的現實觀感，質樸踏實地生活，最終官至宰相，權高威重。不禁令人感嘆，人在旅途，命運的起伏真是難以預料！

古人喜歡說「文章憎命達」，卻常常忽略了寬裕生活能帶給人精神上的鬆弛與藝術上的享受。像晏殊這樣衣食無憂的貴族，不需要鞍馬勞頓為生計奔波，不存在遊戲人生的玩票心理，不必有投機取巧阿諛逢迎的摧眉折腰，所以能全身心地投入對人生和自然的感悟中，心念較為純真。

據說有一次皇帝當面誇獎晏殊，說晏殊不像別的官員那樣縱情聲色耽於享樂，而是勤奮好學。晏殊聽到後，趕緊跟皇帝解釋，說我不是不想跟他們一樣到處遊玩，只是那時候我家裡沒錢，經濟條件不允許我胡鬧，所以我只能苦讀。一般來說，皇帝的讚許那是莫大的獎勵，很有可能助推官運，點石成金。但晏殊非常誠實，一如當年廷前殿試讓皇帝更改考題，原原本本地吐露實情，實在令人欽佩。仔細想想，這種腳踏實地的作風，跟他在詞作中表達的「恆常觀念」確是相得益彰。

一曲新詞酒一杯，去年天氣舊亭臺。夕陽西下幾時回？

無可奈何花落去，似曾相識燕歸來。小園香徑獨徘徊。

這是對「傷春惜時」的感慨，也是對宇宙規律的深刻總結。夕陽西下什麼時候才能再回來？花開花落總是沒有辦法的事情，只有那歸來的燕子彷彿是去年就在此安巢的舊相識。這些都是自然界的定律，是人們司空見慣的生活，但晏殊卻提煉出富有永恆哲理意味的「無可奈何花落去，似曾相識燕歸來」。而這首〈浣溪沙〉也因歌詠「時間永恆，人生有限」而成為傳唱千古的名篇。

晏殊的詞大抵如此，他感懷時間易老，嘆息生命苦短；他懂得放眼未來，把握當下幸福。他也深解思戀的各種滋味。「無情不似多情苦，一寸還成千萬縷。天涯地角有窮時，只有相思無盡處。」談笑有鴻儒，往來無白丁，心頭有繾曲，家中有餘糧，小兒晏幾道，詞史放光芒。世間圓滿，晏殊幾乎全部擁有。所謂「人生贏家」，可能就是這個意思吧！

晏殊是多產詞人，據說一生填詞萬餘首，但大部分已散失，現存世的僅百多首，編入《珠玉詞》。

奇絕冠平生——蘇軾

蘇軾的人生是一部坎坷的悲劇。

宋仁宗嘉祐二年（一〇五七年），蘇軾與弟弟蘇轍同中進士，一時間，兄弟倆名揚天下。主考官是文壇領袖歐陽修，策論的題目是〈刑賞忠厚之至論〉。彼時的歐陽修正致力於詩文革新運動，蘇軾瀟灑的文風令歐陽修眼前一亮。但歐陽修誤以為如此好的文章恐怕是自己的弟子曾鞏所作，為避嫌，他將蘇軾評了個第二名。甫一出場，雖光芒萬丈，卻無端背了個「黑鍋」，天意弄人，大概就是這個意思。

仁宗時期，北宋雖然歌舞昇平，但軍事、經濟上的問題開始日益呈現。蘇軾在考中進士前後，寫了很多策論，關注的都是國家、政治、改革等宏大話題。他提出應該「滌蕩振刷而卓然有所立」，頗具「變法」的精神，希望能實現自己的政治理想，為國家效力。

那一年，蘇軾只有二十一歲。那是柳永、晏幾道、蔣捷等文藝青年鍾情於燈紅酒綠，縱情於秦樓楚館的年齡；蘇軾卻已然心懷家國，情繫天下。當時既有文壇領袖歐陽修的提攜和激賞，又有自身的滿腹經綸和沖天志氣，如果從那時起就開始做官，蘇軾定能成就一番事業，他的人生可能也會迥然不同。遺憾的是，蘇軾剛中進士不久，母親就逝世了。

古人講究父母之喪要守孝三年，於是蘇軾回到了四川眉山老家。三年後回到汴京，沒過多久，仁宗就死了，英宗繼位。好在宋英宗也非常想重用蘇軾，想調他入翰林院做自己的祕書。當時的宰相韓琦覺得蘇軾太年輕，沒經過什麼磨煉，應該從基層幹起，慢慢樹立自己的威信。從長遠看，宰相的考慮確乎更周全些，蘇軾遂從卑微的小官開始做起。不幸的是，沒過幾年，蘇軾還沒等到一展才華的機會，父親蘇洵又死了。

蘇軾仍然要返鄉守喪。又是三年後，蘇軾再回汴京。此時，英宗駕崩，神宗已即位，王安石已經開始變法。當年蘇軾深思熟慮的「革新」事業，現在已經有人在做了。無論怎麼追趕，好運似乎總比蘇軾快半拍。

回京途中，蘇軾和蘇轍看到了「新法」推行過程中的弊端和引起的騷亂，心中很是憂慮。回京之後，先是蘇轍因議論新法忤逆了王安石的意思，遭到貶官。第二年，蘇軾又上書神宗議論變法，結果得罪了「新黨」的人，所以腳跟還沒站穩，就被發到杭州做通判。

先是杭州通判，三年後改知密州。在密州的幾年裡，蘇軾的豪放詞風初具規模。

老夫聊發少年狂，左牽黃，右擎蒼。錦帽貂裘，千騎卷平岡。為報傾城隨太守，親射虎，看孫郎。

酒酣胸膽尚開張，鬢微霜，又何妨？持節雲中，何日遣馮唐？會挽雕弓如滿月，西北望，射天狼。

熙寧八年（一〇七五年）冬，蘇軾在密州任知州，出獵的壯觀景象震動了蘇軾的內心。他借助歷史典故，描畫了一番抗擊侵略的壯志，抒發了滿腔殺敵報國的雄心，當然，也委婉地表達了渴望得到重用的願望。這首〈江城子〉（密州出獵）屬於蘇軾早期的豪放之作，其形式和內容已基本奠定了豪放詞的雛形。

之前的詞人，無論是柳永、周邦彥，還是晏殊、歐陽修，宋詞在他們手裡的作用主要是「玩賞」。其中大部分作品都是寫給歌妓的，偶爾流露出對人生的感慨、境遇的感懷，幾乎都跳不出「春女思，秋士悲」的窠臼。輪到蘇軾寫宋詞，一切套路都不能拘囿住他自由的心靈。他將自己的理想，懷古的感發，化成對現實的追問，對未來的期待。時光匆匆不等人，自中進士後，仕途波折不斷，三年又三年，此時的蘇軾已年屆不惑。但蘇軾鬥志依然很高，「鬢微霜，又何妨」，只要皇帝一聲令下，「我」還是會拚盡全力將雕弓拉得像滿月一樣，瞄準西北，射向西夏。

蘇軾射出來的壯志與豪情，雖然沒能抵達西夏，卻如一支利箭般劃開了宋詞華麗的大幕，拓寬了宋詞寫作的領域，展現了「詞言情」之外的可能——詞可以言情，也可以言志。後世豪放詞能在文學史大放異彩，成為宋詞的重要流派，蘇軾對此功不可沒。但彼時的蘇軾，對未來的一切渾然不覺，正在知州的位置上勤勤懇懇地做事。

在知密州的第二年，蘇軾命人修葺城北舊臺，弟弟蘇轍為此臺題名「超然」。西元一〇七六年暮春，蘇軾登上超然臺，滿眼春色，觸動了心底濃烈的思鄉情，於是寫下這首〈望江南〉（超然臺作）：

春未老，風細柳斜斜。試上超然臺上看，半壕春水一城花。煙雨暗千家。
寒食後，酒醒卻諮嗟。休對故人思故國，且將新火試新茶。詩酒趁年華。

暮春時節，微風細細，柳條隨風起舞，蘇軾站在超然臺上，看到護城河內半滿的春水隨春風閃動，滿城的繁花爭相開放，異彩紛呈。遠處，密密斜織的春雨籠罩著千家萬戶。這一切，不由得觸動了蘇軾的思鄉情。蘇軾一生共三次離開家鄉。第一次是與父親蘇洵、弟弟蘇轍一起進京趕考；第二次是為母親守喪三年後回京；第三次是為父親守孝後離家。最後一次離家後就再也沒有回過故鄉。對於漂泊在外的遊子來說，故鄉是比未來還遙遠的地方。寒食過後，酒醒了也只能空慨嘆，還是不要在老朋友面前思念故鄉了吧。筆走至此，濃濃的鄉愁已縈繞其間無法散開。

正凝愁時，忽然看見蘇軾瀟灑一笑，寒食禁火後，不如取了「新火」，來烹些「新茶」喝，無論是作詩還是喝酒，都應趁年華尚在好好珍惜啊！上闋寫景，下闋寫情，全詞幾經起伏輾轉，竟然在結尾處逆轉心境，給人一種幡然醒悟的新鮮感。多少壯志難酬的無奈，多少有家難回的淒涼，就這樣被蘇軾的一壺好茶泡開，氤氳在煙雨迷濛的春天裡，蒸騰出一懷心事，沉澱下幾許惆悵。

蘇軾有理由惆悵，當年在萬眾矚目下以蓋世才華贏得的推崇和讚譽，在四處調任風塵僕僕的征途上已漸漸被遺忘，幾乎可說是中國歷史上最懷才不遇之人。但蘇軾為國為民的初心從未因此改變。除了在杭州任屬官時位卑言輕，政績不多，在他任知州的幾個地方，蘇軾做過不少實事。偶爾，受制於時代和觀念的局限，也會參與到當地習俗裡。

那年，蘇軾已經從密州調到徐州任知州。徐州大旱，蘇軾率眾「求雨」。古人覺得「天旱」是龍王爺不肯降雨，所以要「求雨」。如果下雨了，人們應該感激龍王爺，所以要「謝雨」。徐州下雨後，蘇軾與百姓同去「謝雨」。途中，美麗的農村風光，淳樸的農村習俗，如一幅幅清麗的畫卷，在蘇軾的心裡徐徐展開。

他寫了一組〈浣溪沙〉（徐門石潭謝雨道上作五首）。現錄兩首如下：

麻葉層層檾葉光，誰家煮繭一村香。隔籬嬌語絡絲娘。

垂白杖藜抬醉眼，捋青搗麨軟饑腸。問言豆葉幾時黃？（其三）

簌簌衣巾落棗花，村南村北響繅車。牛衣古柳賣黃瓜。
酒困路長惟欲睡，日高人渴漫思茶。敲門試問野人家。（其四）

這組詞寫得生動活潑，很有農家樂的氣象。比如〈浣溪沙〉其三，層層麻葉長勢喜人，不知道誰家正在煮繭，飄得滿村香氣。籬笆外女孩子們的嬉笑聲聽起來清脆婉轉嬌俏動人。轉頭又見到老眼昏花的老人正在捋麥穗準備炒著吃，蘇軾關切地問，不知道豆葉幾時能黃？到時候就有更多吃的東西了吧！尋常的問候裡飽含了深切的同情。

在蘇軾筆下，鄉村是農事繁忙的樂園，雨後的鄉村風光更是清新到讓人流連忘返。而蘇軾也以農家樂事為樂，以農民辛苦為苦，真心與這土地和人民甘苦與共。無論是順境逆境，他都可以與周圍的環境和人坦誠相待，真誠相處。因此，無論遇到怎樣的風浪，何種的艱辛，他都能在其中接納別人，悅納自己。這是蘇軾最大的優點，也是他無盡的財富。

元豐二年（一〇七九年），蘇軾調往湖州。同年，蘇軾人生中最驚心動魄的「烏臺詩案」爆發了。

蘇軾是一個關心百姓疾苦的好官，從杭州到密州再到徐州，他在各地都有建樹，也很得民心。西元一〇七九年這一年的春天，蘇軾從徐州被調到湖州，按例要給皇帝寫「謝表」。那個時候不管是升官還是貶官，都必須寫「謝表」，要感謝皇恩浩蕩。蘇軾就在謝表裡寫，陛下「知其愚不適時，難以追陪新進；察其老不生事，或能牧養小民」。這段話的意思就是：皇帝知道我非常愚鈍不會投機取巧，也不懂追捧新黨與時俱進。但是呢，朝廷也知道我年歲大了，不會胡亂生事，或許做個地方小官，可以牧養一方子民。非要深究的話，字裡行間確有幾分酸酸的牢騷。

但更嚴重的是，排擠蘇軾的新黨人員，摘錄蘇軾〈詠檜〉詩中的兩句：「根到九泉無曲處，世間唯有蟄龍知。」據說檜木有一個特點，如果地上的樹枝是直的，那麼地下的根也是直的；如果樹枝盤根錯節，那麼樹根也就盤根錯節。蘇軾這兩句詩的意思就是，我從外面看到檜木如此筆直，就知道根肯定是直的，但誰能相信呢？除非地下有龍，才能知道檜木的根是筆直的。

蘇軾二十幾歲就開始關注國計民生，在其他詞人舞風弄月的時候，他已經開始寫策論做準備，摩拳擦掌打算在政壇一展宏願。但蘇軾的官運實在不好，兩次守喪錯過了最佳出道時機，加上後來受人排擠，所以始終只能游離於政治核心的周邊。以蘇軾的才華，逢這樣的境遇，心裡多少有些不平氣。反對蘇軾的人就說：皇上貴為「真龍天子」，為什麼蘇軾偏偏等著地下有蟄龍才知道他的心事？這是有叛逆之心！就這樣，蘇軾被誣陷下獄，關進了御史臺的監獄。

御史臺監獄是專門關押國家大臣的地方，御史臺的院子裡種了許多筆直的柏樹，經常會招來很多烏鴉築巢，御史臺也因此被稱為「柏臺」、「烏臺」。叛逆的罪基本都是死罪，獄卒為了討好臺上的人故意欺壓蘇軾，監獄的生活苦不堪言。蘇軾跟蘇轍感情非常好，他知道自己朝不保夕，便寫信給弟弟：「與君世世為兄弟，更結來生未了因。」一一方面，蘇軾覺得自己很快就要跟這個世界永別了。另一方面，蘇轍一再上書請神宗開恩，說自己願意放棄官職，只求能放哥哥出獄。一代文豪，此時命懸一線！

宋代高度發達的文明一直被後世屢屢稱頌，這裡不僅指詩文書畫等方面的藝術造詣，也包含對待知識分子的態度。宋太祖說「不殺士大夫」，所以宋代皇帝一直非常優待讀書人，這也是宋朝文化蓬勃繁榮的重要因素。而且，宋神宗也是個明白事理的皇帝，他說：「詠檜木就是詠檜木，關朕什麼事呢？」再說：「自古以來稱龍的人多著去呢，孔明還自稱臥龍呢，難道他也是皇帝嗎？」皇帝這樣說，旁人便不敢多言。宋神宗免了蘇軾的死罪，把他貶到黃州任職，蘇軾算撿了條命回來。

苦難雖然不是人生必經的長廊，但人類傑出文化的締造者們，又似乎都曾有過與苦難親密接觸的時光。蘇軾也不例外。他九死一生，從牢裡出來後，雖然跌到了生活的低谷，卻意外迎來了創作的高峰。在黃州生活的五年，蘇軾寫了大量的作品，後來傳唱千古的詞作，幾乎都誕生於這段時間。

初到黃州時，蘇軾生活非常貧困，他的朋友幫他要來了一片荒地，蘇軾就在那裡開荒種田。他在詩裡寫道：「自笑平生為口忙，老來事業轉荒唐。長江繞郭知魚美，好竹連山覺筍香。」可能與死神擦肩而過的人，生命的智慧也會得到昇華。蘇軾雖然自嘲忙了一輩子，老了還要為口糧擔憂，但他沒有自怨自艾，自暴自棄。他用寬廣的胸懷接納生活，用溫厚的態度欣賞生活。長江美味的鮮魚，山間鮮嫩的竹筍，大自然饋贈的美好，從不曾離他遠去。蘇軾就是有這種能力，把生活的苦澀嚥進去，吐出芬芳的詩句。

夜飲東坡醒復醉，歸來彷彿三更。家童鼻息已雷鳴。敲門都不應，倚杖聽江聲。

長恨此身非我有，何時忘卻營營。夜闌風靜縠紋平。小舟從此逝，江海寄餘生。

那天夜飲喝到三更天才回來，家裡的門童已經鼾聲如雷，敲了半天門都沒有回應，索性拄著拐杖，靜聽滔滔江水奔流的聲音。在天地寂靜的時刻，廣闊的山水之間，蘇軾想到了自身的遭遇。人在官場總是身不由己，一輩子為了功名利祿苦心鑽研，什麼時候才能放棄這些世俗欲望呢？長風靜夜，真希望自己能駕一葉扁舟，從此泛舟而去，瀟灑度過餘生。

這首〈臨江仙〉寫於蘇軾到黃州的第三年。曾經痛苦的經歷已漸漸內化成超然的態度，曠達的胸懷。蘇軾開導自己也勸慰自己，解脫自己也拯救自己。不出幾年的時間，蘇軾真的就在黃州那片廢地裡開墾了一片土地，他把那片土地取名「東坡」，自號「東坡居士」。命運的磨難被他埋在心底，培育出精神的碩果。風雨也好，朗照也罷，他都用同樣的心態來面對。

莫聽穿林打葉聲，何妨吟嘯且徐行。竹杖芒鞋輕勝馬，誰怕？一蓑煙雨任平生。

料峭春風吹酒醒，微冷，山頭斜照卻相迎。回首向來蕭瑟處，歸去，也無風雨也無晴。

後世很多用以囊括蘇軾人生態度的詞句都來源於這首〈定風波〉，比如「一蓑煙雨任平生」，再如「也無風雨也無晴」。蘇軾的豪放與率直，瀟灑與超脫，個性與智慧，都在詞中盡情綻放。在這首詞的前面，蘇軾寫了個小序，說三月七日那天，半路遇到下雨。本來以為不下雨，所以先讓別人拿走了雨具，同行的人情狀狼狽，個個怨聲載道，對雨中行走叫苦不迭。唯有蘇軾並不覺得辛苦，他在雨中感悟到了人生的真諦，瀟灑前行，於是寫下這首詞。

下雨了，但是不必在意那些穿林打葉的雨聲，不如邊吟唱詩歌邊慢慢走。「何妨」二字說得非常輕快和瀟灑，從心態上和行動上都體現了一種從容。我有竹杖芒鞋，走在泥路上，比騎馬還要快呢！不用害怕，一件蓑衣，已經足夠遮風擋雨，而我就在這風雨中走好自己的路。這是蘇軾面對自然界風雨時的想法，也是他面對人生風雨的心態。他遇到過無數的淒風苦雨，在起起落落的旅途中，他憑藉這樣的信念沐雨櫛風，一路走來。

料峭春寒中，春風吹來的涼意讓蘇軾有種「酒醒」的感覺。抬頭一看，西邊的天上正掛著暖暖的夕陽。再回首看自己來時的路，覺得無論是風雨還是晴天，都已經無所謂了。而此時，看風雨亦是看人生。

蘇軾前半生銳意進取，以儒家治國平天下的信念為指導安排人生，無奈命途多舛，屢屢失意，甚至險些命喪黃泉。等被貶到黃州後，佛家思想的達觀知命漸漸占了上風，生已過半，凡事也看開許多，詞風上日趨豪邁、瀟灑。而所謂「豪放詞」不僅是這種關於人生氣度的大事情，就是寫美女的詞，蘇軾用字煉句也是相當清健。

元豐六年（一〇八三年），曾受蘇軾「烏臺詩案」牽連的好友王定國從被貶的嶺南北歸。好友相聚，自然要暢飲幾杯。席間，王定國讓家裡的歌女柔奴出來給蘇軾敬酒。蘇軾與柔奴聊天，對她平淡超然的態度很是震驚，於是寫詞讚美柔奴。都說「豪蘇膩柳」，從這首詞最能見出蘇軾與柳永的不同。柳永寫女子，綺麗多姿，舉手投足充滿了胭脂水粉的媚氣。而蘇軾寫女子，清雅淡秀，一顰一笑都顯得舒朗從容，充滿了勃勃英氣。且看這首：

常羨人間琢玉郎，天應乞與點酥娘。自作清歌傳皓齒，風起，雪飛炎海變清涼。

萬里歸來年愈少，微笑，笑時猶帶嶺梅香。試問嶺南應不好？卻道，此心安處是吾鄉。

蘇軾說，這個王定國長得豐神俊采本就令人羨慕，上天也非常憐惜他，所以還送了如此美麗聰慧的柔奴給他。這個柔奴歌聲婉轉，笑容甜美。她唱起歌來，歌聲就像漫天飛雪一樣，能把炎熱的世界立刻變得清涼。我看她近年來越發顯得年輕了，連微笑都像帶著嶺南梅花的香氣。於是問她：「嶺南的生活還習慣嗎？」柔奴淡淡答道：「只要是心能安定下來的地方，就是我的故鄉。」蘇軾聽後大受震動，寫下這首〈定風波〉讚賞柔奴的智慧。

蘇軾一生奔波往來，頻繁調任，故鄉已經被模糊了樣子。當年他被貶到黃州，開荒山為良田，自號東坡，與黃州的父老鄉親生活在一起，融合在一起。本來是四川人，但孩子們開口說話也都是「楚語吳歌」。是得到還是失去，是他鄉還是故鄉，人生事來往如梭，何處才是歸宿呢？

元豐七年（一〇八四年），蘇軾由黃州調往汝州，他用一首〈滿庭芳〉記下自己在黃州生活的這五年。

歸去來兮，吾歸何處？萬里家在岷峨。百年強半，來日苦無多。坐見黃州再閏，兒童盡、楚語吳歌。山中友，雞豚社酒，相勸老東坡。

云何？當此去，人生底事，來往如梭。待閒看，秋風洛水清波。好在堂前細柳，應念我、莫剪柔柯。仍傳語，江南父老，時與曬漁蓑。

汝州的秋風洛水，多年後也會成為內心的風景。或許，這才是東坡居士尋到的「答案」。

蘇軾離開黃州後，順路去金陵拜訪了王安石。王安石這個時候已罷相多年，在金陵隱居。其實蘇軾與王安石之間沒有絲毫個人恩怨，兩個人的分歧只在於政治觀點的不同。「烏臺詩案」爆發時，王安石正遭遇第一次罷相，與此事並無關係。兩位都是明白人，也是百年難遇的文史奇才，縱論天下事，一笑泯恩仇。

元豐八年（一〇八五年），神宗去世，哲宗繼位，次年改年號元祐。哲宗年幼，祖母高太皇太后聽政，起用舊黨人士，司馬光任宰相。因為蘇軾當年反對過王安石，又得幾位先帝抬愛，所以高太皇太后很快召蘇軾入翰林院做事。

司馬光上臺，從方方面面否定變法，大踏步地退回到改革之前，蘇軾又站出來反對。蘇軾覺得「新法」裡面有很多合理的因素，應該被繼承而不是推翻，於是又被看成替「新黨」說話的人。當年王安石變法，蘇軾反對，因為「新法」裡面有許多不合情理的地方，那時被看成是「舊黨的人」。蘇軾說自己「一肚皮不合時宜」，聽起來好像是自嘲，但落到現實生活，發現他還真是這樣的人。再大的考驗，再多的風浪，他也不會追趕時髦的觀點，不盲從得勢的黨派。用現在流行的話來說，他只聽從內心的召喚，追求永恆的真理。

但司馬光風頭正盛，蘇軾與他政見不合，只能又被外放到杭州做知州。接著又去了潁州、揚州、定州。好在，心安處即是故鄉，這種翻雲覆雨的生活節奏，蘇軾已經從心理上接受了。

元祐八年（一〇九三年），高太皇太后病逝，哲宗親政，他支持變法，召回當年曾參與「熙寧變法」後因變法失敗被貶官的章惇任宰相。一切似乎又回到了原點。元祐時期被太皇太后召回來的舊黨人士再次被貶官。蘇軾雖然與司馬光政見不合，但畢竟是元祐時召回的人，所以也被牽連，貶往惠州。蘇軾先帶著小兒子到惠州，家人隨後才到。結果剛到惠州，又接到調令去瓊州，只好先帶著小兒子到瓊州，再由大兒子護送家眷到瓊州，後被安置在儋州（今海南島上）。

蘇軾一生才華蓋世，詩詞文史俱佳，卻始終被貶官，從未被重用。此時已近花甲，依然沒辦法停下腳步，甚至被外放到遙遠的「天涯海角」，其人生可說是一場悲劇！但蘇軾胸襟開闊，寬懷仁愛，樂天知命，瀟灑達觀，不僅為文學史開創了豪放詞的先河，而且將自己的人生過得豐富又多彩。某種意義上，他的人生比很多人都更完滿自足。或許，這也是命運的一種饋贈吧。

等哲宗病逝，徽宗即位，要把蘇軾從海南島召回時，他已經六十四歲了。

參橫斗轉欲三更，苦雨終風也解晴。雲散月明誰點綴？天容海色本澄清。
空餘魯叟乘桴意，粗識軒轅奏樂聲。九死南荒吾不恨，茲遊奇絕冠平生。（〈六月

二十日夜渡海〉）

西元一一〇〇年，蘇軾從海南島北歸，夜行的船上，蘇軾寫下了這首詩。一生的苦雨淒風終於過去了，就像自然界的天氣一樣，陰雲散盡，月亮顯露出來。雲也好，雨也罷，都無法遮擋明月耀眼的光芒，澄澈的月光照亮了碧海青天。這一生，九死不悔，因為如果不是被貶到海南島，又怎麼能見到南海如此風景獨特的山水，又如何能體會到這非同尋常的生活。這是蘇軾的體會，也是蘇軾的修養。他將自己的悲喜展開在天地之間，萬事萬物，春風化雨，所有的苦難最後都變成了對他的成全。這是他寫在人生邊緣的詩，也是他留給後世的精神財富。

宋徽宗建中靖國元年（一一〇一年），蘇軾走到真州病重，最後死在了常州。

落落胸懷成古丘——王安石

宋神宗時期，經濟發達程度比以往任何時候都要高，稅收也好於前朝，但政府依然入不敷出，財政赤字不斷增加。這個怪現象其實自英宗起就開始顯現：一方面，宋朝為了維持表面上「和平與穩定」的局面，不得已向遼國進貢「歲銀」，這種花錢買和平的方法可以理解為「破財免災」。而另一方面，雖然不打仗但依然要養兵，因為怕打仗所以要養更多的兵，以防不測。這就形成了一個奇怪的狀態——沒有戰爭的宋朝卻要為大筆的戰爭經費買單。在表面繁榮的背後，積貧積弱的經濟態勢已日趨顯露。

正是在這樣的時刻，宋代歷史迎來了一位有勇氣也有志氣的皇帝，他希望可以通過變法重振朝綱，達到「國富民強」的目的。這位皇帝就是宋神宗。就像晚清的光緒帝需要康有為的支援一樣，宋神宗在人群中搜尋，希望可以找到願意站出來和他同心同德眺望未來的人。而這個人，就是北宋著名文學家和政治家——王安石。

王安石，字介甫，晚年號半山，天資聰穎，博覽群書。慶曆二年（一〇四二年），年僅二十二歲的王安石高中進士，步入仕途。少年得志的他並未得意忘形，入仕後，沒有馬上巴結權貴，而是暗暗思考國家的前途和命運。嘉祐三年（一〇五八年），王安石向仁宗上「萬言書」，提出政治改革，認為應加強邊防，革除科舉弊端，消除頹廢奢靡的風氣，以求「合於當世之變」。但王安石的萬言書如石沉大海，杳無音信，據此，他判定變法時機並未成熟。此後，他不斷謝絕朝廷一次次的任命，甘居地方小官，寧可小範圍推行變法，造福一方百姓。

英宗在位期間，屢次招王安石入京任職，都被王安石以種種理由婉拒。在他看來，官位多大並不重要，重要的是能成就自己的理想，如果進得朝堂卻身不由己，還不如埋沒鄉野為百姓做些實事。當然，這個階段的韜光養晦拒不為官，一方面是因為王安石正在苦等明君，靜待時機；另一方面，他這樣「千呼萬喚不出來」的姿勢實在為自己的名聲做了一次成功的行銷、口碑的炒作。

西元一〇六七年，王安石終於等來了命運的轉捩點——神宗的傳召。宋神宗為擺脫內在的政治經濟危機、外部遼與西夏的侵擾，決定起用王安石。西元一〇六九年，王安石主持變法，位同宰相。在宋朝艱難呼吸的關口，神宗和王安石也在彼此的扶持中互相汲取前行的力量。

伊呂兩衰翁，歷遍窮通。一為釣叟一耕傭。若使當時身不遇，老了英雄。湯武偶相逢，風虎雲龍。興王只在談笑中。直至如今千載後，誰與爭功！

王安石早年立志，一直在等待機會。如今遇到神宗，覺得猶如遇到成湯、周武一般舒暢，也覺得自己終於可以成就一番事業。這首〈浪淘沙令〉正是王安石任宰相時所作。

上闋寫伊尹與呂尚這兩位老人，順境和困境都曾經歷過。呂尚曾是一個釣魚的老叟，伊尹也曾做過替人躬耕的奴僕。如果不是遇到了明君賢主，可能他們最終都只能老死於山野。下闋寫他們各自與成湯、周武相遇，如雲從龍，風從虎般，談笑間便建立了興王之業。這裡，「雲風比喻賢臣，龍虎比喻賢君」。從那時到現在，已經過了上千年，但他們的豐功偉績，至今誰能與之爭鋒？

此時的王安石，正是大展宏圖之際，胸中湧動的是志得意滿的豪邁，所以這首詞氣勢恢宏，給人很大的精神力量，似乎也暗示了王安石當年變法的決心。

熙寧三年（一〇七〇年），王安石升任宰相，開始大力推行變法。變法內容涉及甚廣，「青苗法」、「募役法」、「方田均稅」、「農田水利法」、「保甲法」等各項法規，從農業、商業、兵役、教育、財政稅收等社會生活各方面入手，提出了一系列政策，用以革除社會的弊端。某種程度上說，變法無疑是有利於「國富民強」的，但由於改革必然觸及大地主和大官僚的利益，所以遭到了保守派的瘋狂反撲，甚至連皇親國戚、兩宮太后都站到了變法的對立面。終於，宋神宗抵不住各方面的壓力了……

熙寧七年（一〇七四年），王安石遭罷相；熙寧八年（一〇七五年），王安石復相。但復相之後，王安石發現已得不到更多的支持。《宋史．奸臣傳》記載呂惠卿這個小人曾抖出了很多王安石寫給他的私人信件，說王安石有「欺君之嫌」，從而導致了革新力量內部的分化，王安石知道變法已萬難推進。

熙寧九年（一〇七六年），王安石辭去宰相職務，從此閒居江寧府。從政治的聚光燈下走出來後，王安石回到了金陵的平常生活中。無限的慷慨悲涼，曾經的漫嗟榮辱，他等了一輩子的夢想，都化為紛飛的詞句，飄入他的作品裡。

別館寒砧，孤城畫角，一派秋聲入寥廓。東歸燕從海上去，南來雁向沙頭落。楚颱風，庾樓月，宛如昨。

無奈被些名利縛，無奈被他情擔閣！可惜風流總閒卻！當初漫留華表語，而今誤我秦樓約。夢闌時，酒醒後，思量著。（〈千秋歲引〉）

傳入旅舍的擣衣聲，孤城城頭的畫角聲，迴盪在遼闊的天地間。東歸的燕子從海上飛過，南來的大雁落在沙灘上休息。這裡曾有楚王、宋玉遊蘭臺時的愜意涼風，庾亮、殷浩等人在南樓時共賞的月色。如今，清風明月，似乎都與當年一模一樣。下闋起筆，王安石感慨，在這樣浩渺的天地間，永恆的風月裡，自己卻被那些微不足道的名利所牽絆，又難以放下帝王的信任，結果白白浪費時間，耽誤了自己邀約佳人的機會。睡夢醒來，酒醉醒來，如今才細細思量起這一切。「夢闌酒醒」不僅是平常的夢與酒，也是王安石瞭解了「人生如夢，眾生皆醉」，並歷盡滄桑後的感悟。

當年王安石變法時，曾自信地說「當世人不知我，後世人當謝我」，那種滿滿的自信，真可謂氣壯山河！然而時過境遷，變法失敗後，他心底最多的便是壯志難酬。

登臨送目，正故國晚秋，天氣初肅。千里澄江似練，翠峰如簇。歸帆去棹殘陽裡，背西風，酒旗斜矗。彩舟雲淡，星河鷺起，畫圖難足。

念往昔，繁華競逐，嘆門外樓頭，悲恨相續。千古憑高對此，漫嗟榮辱。六朝舊事隨流水，但寒煙、衰草凝綠。至今商女，時時猶唱，後庭遺曲。（〈桂枝香〉）

傳統文人喜歡借景抒情。登高懷古，放眼遠眺，滿目山河，很容易生出感慨。此番登高弔古，王安石開門見山便以「正故國晚秋，天氣初肅」起筆，一個「正」字，既無拖沓之感，且有正合心意之情，可謂意境全出。「澄江似練，翠峰如簇」，看似隨手拈來，卻筆力遒勁，精神抖擻，將錦繡江山的氣派描繪得壯麗如畫。從中，似乎也能看出王安石宏大的視野，遠大的胸襟。下闋起筆，忽念往日繁華，六朝古都的風流如此迅速便隨歷史風雲舒卷而去。千古江山，萬般情愫，只剩寒煙慘澹，綠草衰黃，徒留相繼的榮辱。詞的最後，王安石化用了杜牧的詩句「商女不知亡國恨，隔江猶唱後庭花」。嗟嘆之感，真彌新而永固。

在這首詞中，既有滄海桑田變遷之感懷，也有國家興亡之掛念與憂慮。王安石將宦海沉浮和國運起落巧妙地融化在自然景色中，湧上心頭，訴諸筆下，遂成名篇。所以周汝昌稱讚說：「王介甫只此一詞，已足千古。」雖如此說，但王介甫此類佳作似乎不止一詞！

自古帝王州，鬱鬱蔥蔥佳氣浮。四百年來成一夢，堪愁，晉代衣冠成古丘。
繞水恣行遊，上盡層樓更上樓。往事悠悠君莫問，回頭，檻外長江空自流。

晚年的王安石以金陵為主題寫了很多詠史抒懷的作品，多把六朝興衰歷史看作人生「一夢」。王安石起筆便說，這裡自古以來便是帝王建都之地，樹木鬱鬱蔥蔥，山環水繞，雲蒸霞蔚，頗有帝王之佳氣。可惜，四百年來，多少繁華如夢般逝去，著實令人感慨。當年的帝王將相，風流事蹟，也早已化為一抔黃土，被歷史所遺棄。繞著江岸盡情地遊覽，登上一層樓後再上一層樓。往事悠悠，匆匆而過，不值一提，希望別人也不要再問。

人生苦短，不如早點回頭。而過去的歲月，就像這奔流的江水一樣，空自東流。

這首〈南鄉子〉氣勢雄健，語調深沉，讀來頗有悲涼之感。退隱的孤獨，辭官的無奈，憂心國事的落寞，都在該詞中若隱若現，默默流淌。即便在看起來清閒雅致的田園生活中，王安石也能或多或少流露出些許的淒清和落寞。

百畝中庭半是苔，門前白道水縈回。愛閒能有幾人來？
小院回廊春寂寂，山桃溪杏兩三栽。為誰零落為誰開？（〈浣溪沙〉）

雖然王安石以小院閒人「山桃溪杏」自喻，但「順時不驕，敗時不餒」的氣度卻讓他從未放棄對文壇和政壇的關懷。當年王安石身為宰相，為自己的政治理想和抱負，也曾打擊異己，歐陽修、司馬光、蘇軾等或退或貶，都與他有著千絲萬縷的連繫。但王安石從不網羅莫須有的罪名害人，更不會置對手於死地。「烏臺詩案」後，已經辭官的他，在痛失愛子、家破人亡，並在皇帝面前毫無話語權時，還挺身而出，上書為蘇軾辯護：「豈有聖世而殺才子乎？」而此時，沒有人敢替蘇軾說話，親友們全都噤若寒蟬，連蘇軾自己也被屈打成招。半山先生落落風骨，稱其俠肝義膽亦不足為過，或許，這就是王安石的過人之處吧。

元豐八年（一〇八五年），神宗病逝，哲宗繼位。元祐元年（一〇八六年），保守派得勢，新法全面被廢除。不久，王安石病逝於江寧府半山園。

對於那場轟轟烈烈的變法，當世人沒有謝他，後世人的看法也分歧很大，有人說他的變法利國利民，也有人說他的變法等於「改革幫了腐敗的忙」……看來，歷史並不能由人隨意操控，即便蕩蕩胸懷成古丘，也未必堵得住後人的悠悠之口。

是皇帝老師，也是道德模範——朱熹

舉凡天資聰穎行為超群且名留青史者，多半都曾在少年時就展露出異常的天賦。曹沖秤象，孔融讓梨，都是「自古英雄出少年」的典型。尤其是南宋大儒朱熹，其非凡的一生更是從小便見端倪。

朱熹小時候很聰明。剛剛會說話的時候，父親朱松指著天告訴他：「這是天。」如果是普通牙牙學語的小朋友，他們很可能奶聲奶氣地隨聲附和「天」，朱熹卻不是，他想了一下，問朱松說：「天上有何物？」朱松非常詫異，沒想到話還說不清的兒子，竟然有這樣高明的思辨力。他真是又驚又喜，暗下決心一定好好培養兒子。等到朱熹開始入學跟老師學習的時候，老師教他學《孝經》，他看了一遍就在書上寫道：「不若是，非人也！」朱熹跟一群小夥伴在沙地上玩，普通小孩兒大概也就是抓把沙子蓋個城堡之類的，唯有朱熹端端正正地坐在沙地上用手指畫畫，旁人湊近了一看，不得了，竟然是一幅八卦圖。就這樣，朱熹帶著天賦異稟，通身靈氣，慢慢成長。

朱熹的仕途並不順暢，一生為官四十幾年，立朝時間僅有四十天。四朝老臣，三次出山。一出而遭遇唐仲友，再出遭遇林黃中，三出又遇吳禹圭，不禁令人慨嘆。第一次，朱熹因為調查唐仲友，彈劾他貪贓枉法、姦淫擄掠，為害一方。但跟唐仲友關係甚密的宰相王淮，跟宋孝宗彙報，說朱熹跟唐仲友不過是學術分歧，秀才爭閒氣，將矛盾焦點瞬間轉移。朱熹一口氣連上了六次奏摺彈劾，均不奏效，並被指目的不純，改命他職。朱熹得知內情後，上書請求辭職，批文還沒下來，他就拂袖而去，倒是頗有大俠風骨。林黃中也是因為見解不合。好不容易等到第三次出山，又碰到群眾吳禹圭實名檢舉，皇帝覺得朱熹推行的政策可能有問題，於是又被擱置。幾十年下來，朱熹不是受排擠就是遭誣陷，每每志不能伸，幾番請辭，幾度起用。仕途之多舛，實在令人慨嘆造化弄人。

朱熹雖仕途不順，但文史方面貢獻極大。他寫了很多優秀的詩詞表達感情，抒發志向。

江水浸雲影，鴻雁欲南飛。攜壺結客，何處空翠渺煙霏。塵世難逢一笑，況有紫萸黃菊，堪插滿頭歸。風景今朝是，身世昔人非。

酬佳節，須酩酊，莫相違。人生如寄，何事辛苦怨斜暉。無盡今來古往，多少春花秋月，那更有危機。與問牛山客，何必獨沾衣？（〈水調歌頭〉）

所謂「隱括」，就是在原內容不變的情況下，將詞句改寫成另一種體裁。朱熹的這首〈水調歌頭〉就是隱括杜牧的詩〈九日齊山登高〉。杜牧的原詩語似曠達，實則傷感，而同樣的內容經朱熹修改後，脫胎換骨，呈現出一種清爽豪邁之感。

上闋寫景：一江春水，融化了天光雲影；萬里長空，包容了鴻雁南飛。提著酒壺，呼朋引伴，登高遠眺，滿眼翠綠的山色，縹緲的煙霏。相逢一笑，忘卻塵世煩憂。紫色的茱萸，黃色的菊花，繽紛插在頭上。登高懷古，多少往事如煙，唯風景一如從前。詞的下闋，朱熹乾脆直接勉勵好友，既然是佳節，喝到酩酊大醉，才算不辜負好時光。生命有限，何苦尋愁覓恨怨東風，夕陽遲暮，只需盡情享受。古往今來，春花秋月，綿延的時空和生命的樂趣相融匯。「與問牛山客，何必獨沾衣」，結尾以樂觀的精神否定人生的無常。

在朱熹的這首詞中，天地人本就是一體的，上下四方曰宇，古往今來曰宙，生生不息的宇宙和綿延接續的人生一樣，充滿勃勃生機。這是朱熹的哲學世界，也是朱熹的人生境界。登高望遠，他絲毫沒有杜牧的惆悵，而是以開闊的胸懷盡情享受眼前美景，讚譽自然風光。《讀書續錄》認為其「氣骨豪邁，則俯視蘇辛；音節諧和，則僕命秦柳」。能夠在寫詞的氣度上超過蘇軾和辛棄疾，又能在音節韻律上趕超秦觀和柳永，這樣的讚譽非普通人所能及。

雖然文學造詣很耀眼，但朱熹畢生真正在乎並致力於研究的還是「理學」。他煞費苦心，一方面學習儒家經典，一方面又從經典中選取「四書」（《大學》、《中庸》、《論語》、《孟子》），作為「齊家、治國、平天下」的範本，被稱為孔子之後的大儒。朱熹的父親曾為小朱熹占卜，卦辭說「生個小孩兒，便是孔夫子」。朱熹對儒學的集成與發展，成為中國文化傳承裡的重要一環。他的「理學」思想在明清兩朝被改進和使用，發展為統治全社會的「道學」。但在宋代，朱熹的思想卻沒有得到充分的認可。

朱熹其實曾經有機會實現自己的文化理想和政治抱負，因為他曾給宋寧宗上課，離最高統治者只有一步之遙。按理說，如果朱熹能夠潛移默化影響皇帝，可能對推行自己的思想更有益處，但是朱熹這個人比較耿直，每次上書都必須戳皇帝的痛處。不是提出問題就是針砭時弊，還經常抬出自己「正心誠意」的四字法寶，偶爾論證自己「存天理，滅人欲」的合理性，搞得皇帝很不高興。所謂「師道尊嚴」，其實也要分輕重，皇帝即便是學生但終究是皇帝，所以，朱熹很快就失去了「帝師」的身分。人們不認同他所謂的「德行」，所以他提倡的道德高線也漸漸變成「偽道學」的代名詞。這是道學的悲哀，更是朱熹的不幸。

幸運的是，朱熹對道德要求很高，對生活卻要求不高。由於官運不好，他一共才立朝四十幾天，所以經濟拮据，「簞瓢屢空，晏如也。」粗茶淡飯，依舊能吃得爽心。這種樂觀達命的心態，在朱熹的詞作裡也有生動的體現。

富貴有餘樂，貧賤不堪憂。誰知天路幽險，倚伏互相酬。請看東門黃犬，更聽華亭清唳，千古恨難收。何似鴟夷子，散髮弄扁舟。

鴟夷子，成霸業，有餘謀。致身千乘卿相，歸把釣漁鉤。春晝五湖煙浪，秋夜一天雲月，此外盡悠悠。永棄人間事，吾道付滄洲。

朱熹的這首〈水調歌頭〉，先是交代了自己的生活理想：富貴有餘樂，貧賤不堪憂。說發達了富貴了可能會更開心，但即便貧賤此生也沒有什麼好憂慮的。後又交代了自己的政治理想：成霸業，有餘謀。「鴟夷子」指的是范蠡，他協助越王勾踐成就霸業，但發現勾踐義薄後，乘舟遊湖，從此決然於世。後人都被范蠡的智慧與瀟灑折服，功成，名就，隱退，這樣的節奏令無數男性心馳神往。朱熹也是其一。可惜，人生苦短，少年易老，美夢難成。許多少年時的夢想，到了老年再回望，發現依然是夢想。

當年，朱熹的父親在朝為官，八歲的小朱熹有幸陪父親來到臨安。臨安的秀麗，文人的豪放，政客的風采，都給小朱熹留下了深刻的印象。尤其是在對金國的態度上，他親眼目睹了「主戰派」與「主和派」的激烈交鋒。

西元一一三八年，秦檜主持「宋金議和」，樞密院胡銓上書反對議和，並懇請殺秦檜以壯國威，結果胡銓竟遭罷免。朱熹的父親朱松心有不甘，聯絡主戰人士聯名上書反對議和，但終究還是未能阻止求和協定的簽署。雖然朱松等人的抗爭沒有成功，但「主戰派」的凜凜風骨卻從此影響了朱熹的一生。朱熹一生數次為官，只要有機會，必定進諫「主戰」，絕不苟安議和。可惜，直到西元一二〇〇年朱熹去世前，回憶起少年往事，仍然只能是一聲嘆息。建隆庚申[8]（九六〇年），已去二百四十年！距離朱松等人上書反對議和，亦過了六十年。一輪甲子晃過，山河破碎，收復江山，無望矣！可見，「戰和」之事，始終是朱熹未了的心事。

多年後，歷史雲煙散盡，當年的戰和已變成史書上單薄脆弱的記載，不容置疑的討論。而做為夫子的朱熹，早已被歷史的評說模糊了最初的模樣。

好在，《四書集注》依舊，白鹿書院猶存，那些富有哲思的小詩也仍在一代代小童的耳邊迴盪……

少年易老學難成，一寸光陰不可輕。未覺池塘春草夢，階前梧葉已秋聲。（〈偶成〉）

8 建隆庚申：建隆，北宋太祖的年號，也是北宋第一個年號。庚申，建隆元年的干支為庚申年。

第六章

灑英雄淚

一身俠氣，滿腹柔情——賀鑄

北宋開國之初，西夏首領曾接受過宋太祖賜予的官銜。仁宗時，李元昊建國稱帝，開始不斷搶奪漢族人口和財物。宋軍由於缺乏戰鬥力，屢戰屢敗，完全沒有抵抗的能力，朝廷不得不向西夏納稅以換苟安。神宗時，王安石變法圖強，新黨執政，大大提高了軍隊的戰鬥力，屈辱局面曾一度改善。可惜，變法失敗後，舊黨上臺，司馬光等人再次投降，卑躬屈膝的氛圍捲土重來。

這時，冒出來一個地方小官。他人微言輕，又遠離京城，卻在大宋朝歌舞昇平、醉生夢死的節奏中一聲斷喝，發出振聾發聵的吼聲，刺破了北宋溫軟的喉嚨。這個人就是北宋詞人賀鑄。

賀鑄，字方回，是宋太祖賀皇后的祖孫，妻子是宗室之女，屬於標準的「皇親國戚」。賀鑄與其他詞人不同，他生於軍人世家，初入仕途也是從武職做起，位低事繁。賀鑄本想著能夠為江山社稷謀，無奈宋朝重文輕武，又整天惦記著「求和」，所以賀鑄這樣的人用處不大。可說是「空有為國之心，難尋報國之門」。

賀鑄宏願難平，心中悲懣，於是提筆寫下這首〈六州歌頭〉：

少年俠氣，交結五都雄。肝膽洞，毛髮聳。立談中，死生同。一諾千金重。推翹勇，矜豪縱。輕蓋擁，聯飛鞚，鬥城東。轟飲酒壚，春色浮寒甕，吸海垂虹。閒呼鷹嗾犬，白羽摘雕弓，狡穴俄空。樂匆匆。

似黃粱夢，辭丹鳳。明月共，漾孤篷。官冗從，懷倥傯，落塵籠。簿書叢，鶡弁如雲眾，共粗用，忽奇功。笳鼓動，漁陽弄，思悲翁。不請長纓，係取天驕種，劍吼西風。恨登山臨水，手寄七弦桐，目送歸鴻。

這首詞歷來被看作是《東山詞》的壓卷之作。上闋以「少年俠氣，交結五都雄」起筆，「俠」與「雄」奠定了全詞的基調，也抒發了作者大氣磅礴的豪情。在賀鑄的眼裡，小夥伴們都是肝膽相照、生死與共的人，具有豪放不羈、英雄蓋世的品質。帶著鷹犬狩獵，能踏平狡兔之巢；圍聚豪飲，可吸乾海水，氣魄如虹。「雄姿壯彩，不可一世。」言辭中，吞吐山河，結交豪雄，都是分分鐘搞定的事，令人生出無限神往。然而，上闋以「樂匆匆」三字收尾，似有轉折之意。

至下闋，首句急轉直下，朝氣蓬勃的生活原來只如一枕黃粱美夢。青春一擲如梭，沉淪困厄的官宦生活逐漸取代了少年俠客的快樂。「明月共，漾孤篷。官冗從，懷倥傯，落塵籠。」這是詞人對自己十幾年來生活的回顧，也是對志不能伸鬱結在心的一種悲鳴。

原本是行俠仗義的少俠，立志報國，豪情滿懷。不料誤入牢籠般的官場，在地方打雜，在案牘中勞形，不能馳騁沙場、建功立業，一腔抑鬱，化為滿肚子的牢騷。長歌當哭，英雄淚，灑滿襟。「劍吼西風」四個字更是把悲憤與激越推向了狂怒的高峰。

詞作結尾三句峰迴路轉，「恨」字一出，怒吼變成了悲涼。凌雲之志無處施展，只能撫琴誦詞，看山水孤鴻。賀鑄的詞，筆力雄渾蒼健，近蘇軾，傳稼軒（辛棄疾），在詞史上有著不可忽視的作用。一方面，由於詞牌所限，宋詞題材大多倚紅偎翠，而絕少直言國家大事。靖康之後，才有了岳飛、張孝祥、陸游、辛棄疾等人的愛國作品。另一方面，宋朝建立伊始就不斷受到北方少數民族的軍事威脅，但放眼宋詞，愛國、抗戰類的作品卻少之又少，僅存十餘首。而以戎馬報國為主題的，恐怕只有蘇軾的〈江城子〉（密州出獵）能與賀鑄詞不相伯仲。但蘇軾的「會挽雕弓如滿月」在氣魄上比〈六州歌頭〉還要稍遜一籌。所以，賀鑄的這首詞，在宋詞史上有著突出的意義。

但這些對於當年賀鑄的仕途毫無幫助。據《宋史》記載，賀鑄由於喜歡喝酒，並經常意氣用事，所以官運一直不好。即便後來轉做文職，依然得不到重用，始終鬱鬱不得志，只好無奈退隱蘇州。

賀鑄生活在蘇州的這段歲月裡，最為人所樂道的故事，就是他的一段豔遇。據說他曾遇到過一位妙齡女郎，並為此寫下了傳世名篇〈青玉案〉：

凌波不過橫塘路，但目送、芳塵去。錦瑟華年誰與度？月橋花院，瑣窗朱戶，只有春知處。

飛雲冉冉蘅皋暮，彩筆新題斷腸句。試問閒愁都幾許？一川煙草，滿城風絮，梅子黃時雨。

姑蘇水鄉，橫塘美夢。美麗的姑娘腳步輕盈地從自己身邊走過，我與她之間隔了一條橫塘路，只能目送她離去。不知道這樣美好的年華，她與誰共同度過？是在月下橋邊的花園裡，還是在高樓花窗的朱門大戶？或許，只有春天才知道吧。下闋說，在這樣的暮春時節，天上彩雲飛，筆下斷腸句。若問我到底有閒愁幾許，就像一望無垠的煙草，像滿城飛舞的柳絮，像梅子黃時的紛紛細雨。

青草、柳絮、飛雨，都是鋪天蓋地，難以計算的。而賀鑄心中的「閒愁」也同樣撲朔迷離，不計其數。賀鑄因這首小詞得名「賀梅子」，據說賀鑄很喜歡這個名字。學者周汝昌說：「晚近時候再也沒有聽說哪位詩人詞人因名篇名句而得名。」可能這也是宋代文人的風趣與可愛之處。而在賀鑄令人羨慕的感情世界裡，偶遇的心動只是一瞬間，更多的是來自妻子的深情陪伴。

賀鑄的妻子趙氏原是養尊處優的千金小姐，但因賀鑄一生幾乎都屈居下僚，家庭經濟上並不寬裕，所以嫁給賀鑄後，不得不勤儉持家。她不畏勞苦，溫柔體貼地照顧丈夫，兩個人感情非常好。

後來，妻子不幸過世，賀鑄想起曾相濡以沫的時光，不禁悲從中來，揮筆寫下一首

〈鷓鴣天〉寄託哀思：

重過閶門萬事非，同來何事不同歸？梧桐半死清霜後，頭白鴛鴦失伴飛。原上草，露初晞，舊棲新壟兩依依。空床臥聽南窗雨，誰復挑燈夜補衣！

「物是人非」這種感慨說起來最是心酸。所以賀鑄責問妻子：「為什麼同來卻不同歸？」這種不合常理的嗔怪，看似無理取鬧，實則情到深處。秋霜過後梧桐半死，詞人更以白頭鴛鴦自喻，垂垂老矣卻無人相伴，孤獨和淒涼呼之欲出。詞作最後兩句尤其傷感，夜雨敲窗，一燈如豆，憶起妻子從前「挑燈夜補衣」的形象，淒婉哀怨的感情緩緩打開讀者的心扉，貧賤夫妻患難與共的真情蕩氣迴腸，令人不免潸然淚下。

蘇軾說「小軒窗，正梳妝」，也是愛戀情深，但相比之下，「挑燈補衣」不僅情深意長，而且更襯托出生活的艱辛。賀鑄退隱蘇州後，生活並不好，只能以放貸度日，如果遇到別人沒錢，他還撕毀債券，從不計較，少年俠氣在他身上依然隱隱發光。但接下去，只能是更拮据的生活。

縱觀賀鑄一生，仕途不暢，但其俠骨柔情卻頗為動人。〈六州歌頭〉裡的英雄氣，〈鷓鴣天〉中的兒女情，剛柔並濟，頗有大俠之風。豪情是「俠」的骨骼，柔情是「俠」的血肉。他有北方人的性格，所以揮墨豪氣沖天；也有南方人的血統，所以寫詞溫柔雅麗。而這兩種氣質和風格，令他的詞看起來有種奇崛的美感。可能也因此，鑄成了他與世俗的不相宜。

晚年飄蕩，賀鑄的詞風已不再有當年的鋒芒，多的是流浪天涯後的淒涼，歷盡塵世後的滄桑。

> 煙絡橫林，山沉遠照，邐迤黃昏鐘鼓。燭映簾櫳，蛩催機杼，共苦清秋風露。不眠思婦，齊應和、幾聲砧杵。驚動天涯倦宦，駸駸歲華行暮。
>
> 當年酒狂自負，謂東君、以春相付。流浪征驂北道，客檣南浦，幽恨無人晤語。賴明月、曾知舊遊處。好伴雲來，還將夢去。（〈天香〉）

秋日黃昏，想到少年時的醉酒和輕狂，想起多年來流浪天涯的坎坷經歷，慨嘆不已。

只有依然高懸的明月，知道他曾經走過的地方。從前的夢啊，伴著月亮，隨彩雲而來，隨美夢而去……

將軍白髮征夫淚——范仲淹

古人認為，皇帝乃「真龍天子」，真龍一下凡，世間得太平，所以，普通百姓對皇帝的敬仰直如滔滔江水，綿綿不絕。但皇帝深居簡出，不是普通人隨便就能在街上遇到的。逢到皇帝出巡，基本相當於今天超級巨星登場，不但護駕保鏢人山人海，個別區域還要進行道路管制。

話說那一年，趕上宋真宗出遊，大隊人馬浩浩蕩蕩，十分隆重。道路兩旁的群眾爭先恐後地跑去圍觀，人群洶湧澎湃，部分地區的群眾發生了嚴重的「踩踏事件」。就在這樣全城轟動，人皆奪門而出的時刻，唯有一個書生閉門不出。忽然，他的小夥伴跑過來叫他：「哥們兒，趕緊出去看看吧，皇帝從皇宮裡跑出來了，機會難得，走過路過千萬不要錯過，我讓隔壁那小子幫占了位置，你速速與我同去！」結果，這個書生頭也不抬地說：「將來再見也不晚。」

第二年，這位書生高中進士，果然見到了皇上。他就是北宋歷史上偉大的文學家、軍事家、思想家、政治家——范仲淹。

范仲淹自幼孤貧，出生第二年父親就過世了。母親不是正室，只能帶著他改嫁，范仲淹也隨繼父改姓朱。范仲淹讀書很用心也很刻苦，為了激勵自己，獨自跑到寺廟裡做寄宿生。苦讀尚且不夠，范仲淹還進行「苦修」。隆冬時節，他每天熬一鍋粥，涼了凝結以後切成四塊，早晚各取兩塊，吃點鹹菜，喝點醋，就算一天的糧食了。後世讚譽他「斷虀畫粥」正源於此。

一個偶然的機會，二十幾歲的范仲淹知道了自己的身世，含淚辭別生母繼父，踏上了異地求學的路，一步邁進了宋代四大書院之一：應天府書院。這裡匯集了許多知名人士，師生交流共同進步的氛圍深深感染了范仲淹。藏書眾多，是最直接的益處；減免學費，是最吸引人的政策。對於離家的范仲淹來說，這裡實在是求學的聖地。有同學看范仲淹生活清苦，就送他些美食，結果范仲淹卻不肯吃，他怕自己生活安逸起來以後不能再過苦日子。就這樣，范仲淹披星戴月地勤學苦讀，終於如願以償，從「寒儒」一躍而為「進士」，開啟了自己近四十年的仕途生活。

范仲淹曾受宰相晏殊推薦，負責國家圖書的整理與分類工作。當時的皇帝是宋仁宗，仁宗雖貴為天子，但施政大權卻掌握在養母劉太后的手裡。時逢劉太后大壽，仁宗要攜百官磕頭跪拜。范仲淹挺身而出，上書說：仁宗乃一國之君，君主之尊嚴乃國家之體面，不能輕易辱沒，只要盡孝心行家禮就可以了。接著，范仲淹覺得不過癮，繼續上書給太后，催促劉太后還政於仁宗。可想而知，不久之後范仲淹即被貶官。但范仲淹的一片忠心打動了宋仁宗，劉太后一死，仁宗立刻調范仲淹回京。

西元一〇三八年，李元昊稱帝，建立西夏。李元昊為了逼迫北宋承認自己的歷史地位，集結兵力，大舉進犯邊境。消息傳來，朝野震動。康定元年（一〇四〇年），因邊關吃緊，宋仁宗知道范仲淹眾望所歸，便調范仲淹回京任職。同年，升范仲淹為龍圖閣直學士，命他戍邊練兵，守塞建城。到西元一〇四三年范仲淹再次調回京止，這三年的戍邊生活，為范仲淹的創作積累了寶貴的生活素材，他最著名的幾篇詞作均創作於這段時間。

碧雲天，黃葉地。秋色連波，波上寒煙翠。

山映斜陽天接水。芳草無情，更在斜陽外。
黯鄉魂，追旅思。夜夜除非，好夢留人睡。
明月樓高休獨倚。酒入愁腸，化作相思淚。（〈蘇幕遮〉）

這首傳唱千古的名篇，因寫作背景不詳存在部分爭議。有學者認為，從「水」、「高樓」等處推斷，這首詞應是寫於范仲淹戍邊回來後，調任杭州時所作。也有觀點覺得這首詞寫在范仲淹鎮守邊境時。但寫作時間的差異並沒有影響該詞的藝術成就。

上闋起筆，范仲淹便從天地磅礴大氣中抽取無邊秋色，「碧雲天，黃葉地」，遠山、斜陽、芳草，在這樣廣闊的景色裡，憂思、鄉愁、旅懷，各種情緒都變得黯淡。獨倚欄杆，暗自垂淚，美酒和著傷感，進入愁腸，濃烈地在心裡燃燒，化為無盡的相思，無盡的眼淚。

自古文人多風流，尤其是宋代文人，因生活穩定安逸，更添幾分滋潤和情致，所以宋詞中多寫男歡女愛，相思成災。但能夠將相思這一主題寫到如此沉痛的卻不多見。所以，清代學者張惠言等甚至認為這首詞寫的不是秋色，而且范仲淹的憂國情懷。

這種觀點似乎有些道理。一方面，清代中後期，內憂外患，腹背受敵，在這種時刻，愛國的呼聲比任何時候都來得響亮而沉痛，所以清代學者讀這樣的詞，其聯想力、共鳴情與代入感，可能都比較強烈。另一方面，縱覽范仲淹一生，他為國為民做出了很多有益的事蹟，寫下過「先天下之憂而憂，後天下之樂而樂」的句子，其愛國情懷可見一斑。所以，這首詞的開闊和蒼涼，說是對國家的一片深情似乎並不為過。

當然，更有趣的還是後世對這首詞的喜愛。明代王實甫將這首〈蘇幕遮〉的意境和句子直接引入千古名劇《西廂記》裡。甚至到了二十世紀，臺灣作家瓊瑤也從這首詞裡幻化出兩本書名《碧雲天》、《寒煙翠》，足見其影響深遠。

除這首詞外，范仲淹在戍邊的三年間還創作了膾炙人口的名作〈漁家傲〉（秋思）。

塞下秋來風景異，衡陽雁去無留意。
四面邊聲連角起。千嶂裡，長煙落日孤城閉。
濁酒一杯家萬里，燕然未勒歸無計。
羌管悠悠霜滿地。人不寐，將軍白髮征夫淚。

范仲淹寫過一組描繪邊塞生活的〈漁家傲〉，都以「塞下秋來」起筆，這首便是其一。上闋寫景，景中有情。邊塞的秋天與內地的秋色是完全不同的風景。雁去衡陽，一點也沒有停留的意思。四面的風聲雨聲人聲馬嘶聲不斷響起，跟這些一起出現的還有軍營裡傳出的號角聲。層巒疊嶂的山峰像層層屏障，煙霧瀰漫，落日照射著一道道緊閉的城門。

下闋轉入寫情，但情中有景。濁酒一杯，這是近前事。家鄉萬里，那是很遙遠的鄉愁。再多的酒也填不滿思鄉情，舉杯消愁愁更愁。家在萬里之外，想回去那是非常困難的。因為還沒有完成朝廷交給的任務，不能像東漢竇憲那樣成功抗擊匈奴後在燕然山刻石記功，所以歸期不定。思鄉固然情重，但做為邊防軍士，國家的擔子更重。此時，聽到悠揚的羌笛聲響起，看到銀白的濃霜鋪在地上。夜已深沉，將士們依然無心睡眠：將軍操持軍務，備極辛苦，已鬢髮斑白；而士兵們因為離家日久，也因思鄉流下了淚水。全詞情真意切，感人肺腑。

范仲淹與其他創作軍旅題材作品的人不同，他親歷戰場，戍邊建城，帶兵作戰。他建立的西北邊防戰線固若金湯，西夏人不敢再犯。西北邊陲甚至有童謠說：「軍中有一范，西賊聞之驚破膽！」所以，在范仲淹的作品中，有普通詞人沒有的英雄情懷。而范仲淹也將自己幾年中的所見所聞所感傾洩而出，讀罷每每令人有身臨其境之感。

慶曆三年（一〇四三年），李元昊請求議和，西邊戰事稍寧，仁宗召范仲淹回京任職。緊接著，在仁宗的催促下，范仲淹與富弼、韓琦等人起草了國家改革方案，史稱「慶曆新政」。

新政實施的短短幾個月，社會風氣為之一振。尤其是人才選拔機制的改革，逐漸限制了一些不學無術的富家子弟，而令一些有才之士得到破格提拔。新政期間，官僚機構開始縮減，全國範圍內大規模創辦學校，政局煥然一新。但跟歷史上很多改革的命運一樣，改革力度越大，成效越顯著，既得利益者的反撲就越猛烈。

慶曆五年（一〇四五年），保守派誣陷攻擊革新派為「朋黨」，范仲淹等遭貶官外放，剛剛進行了一年多的改革隨之失敗。慶曆六年（一〇四六年），范仲淹好友滕子京來信，邀請他為重修岳陽樓作傳，並送了一幅《洞庭晚秋圖》。范仲淹此時身體欠佳，但還是應下此事。他感慨良多，揮毫潑墨，飽蘸感情的濃漿，奮筆疾書寫下千古雄文〈岳陽樓記〉，表達了自己位卑未敢忘憂國的理想，留下了「居廟堂之高則憂其民；處江湖之遠則憂其君」的名句。

皇祐四年（一〇五二年），范仲淹調任潁州途中，行至徐州，因病辭世，享年六十四歲。仁宗手書「褒賢之碑」，賜諡號文正。

范仲淹生時說「寧鳴而死，不默而生」，他的詞作千古傳唱，他的改革名留青史，也算是成全了他畢生的夙願吧。

忠憤填膺，肝膽皆冰雪——張孝祥

張孝祥是南宋著名詞人，號於湖居士，唐代詩人張籍的後代。他才思敏捷，詞風豪邁，因為仰慕蘇軾，每次寫了詩文，都要問問周圍人：「這篇跟蘇軾比怎麼樣？」也許南宋人無法回答這個高深的問題，但後人確有定論：縱觀宋詞史，張孝祥上承蘇軾，下啟辛棄疾，對南宋詞壇有著舉足輕重的作用。

《宋史》記載，張孝祥「讀書過一目不忘，下筆頃刻數千言」，絕對是不可多得的人才。但張孝祥考進士時頗費周折，原因是那年與他一同參加考試的還有一位重量級人物，此人正是秦檜的孫子。

秦檜為了自己的孫子能夠金榜題名，十分有效地利用了官場的「潛規則」，以宰相的身分和權勢迫令主考官屈服，將自己的孫子列為第一名。試卷送到高宗手裡後，皇帝非常生氣，覺得這秦檜的孫子說起話來跟秦檜平時一個套路，毫無創見。而張孝祥的卷子見解獨到不說，書法也比較帥氣。高宗一想秦檜平時的所作所為，心中立刻有數，於是決定舉行殿試。

再說那張孝祥，考完試後就知道秦檜做了手腳，心裡非常鬱悶，覺得自己再難出頭，所以終日借酒消愁。結果，天降喜訊，忽然傳來消息說皇帝要殿試。張孝祥心裡非常激動，他矗立廷前，提筆成文，龍飛鳳舞一氣呵成，覺得不如此便不足以傾訴心中的驚喜。高宗一看，明明就是人才啊，於是立刻欽點為狀元，也藉此打擊一下秦檜的囂張氣焰。

等張孝祥中了狀元後，秦檜的奸黨曹詠為了拉攏新科狀元，便想把自己的女兒嫁給張孝祥。張孝祥對秦檜一黨深惡痛絕，硬是拒絕了這門親事。更讓秦檜氣憤的是，張孝祥剛剛登第就上書皇帝為岳飛喊冤，公開和秦檜作對，站到了主戰派的隊伍裡。秦檜心中大不悅，覺得張孝祥軟硬不吃，現在又是皇帝面前的紅人，留著他必有後患，於是編了個罪名，告張孝祥父親張祁謀反。羅織莫須有這種罪，在秦檜手裡已然駕輕就熟，張祁被關入大牢。不幸之中的萬幸是，秦檜很快就死了，張孝祥上書為父伸冤，很快就得到平反。皇帝再次重用張孝祥，起草詔書，批閱文件，他終於開始了真正的仕途生活。

張孝祥任職期間屢屢上書，提議加強邊防，抵禦金人；還提出許多改革的舉措，顯示了遠大的政治理想。他一生以恢復中原為志向，詞作也多以此為題材，最著名的〈六州歌頭〉便是這類主題的代表作。

長淮望斷，關塞莽然平。征塵暗，霜風勁，悄邊聲。黯銷凝。追想當年事，殆天數，非人力，洙泗上，弦歌地，亦羶腥。隔水氈鄉，落日牛羊下，區脫縱橫。看名王宵獵，騎火一川明，笳鼓悲鳴。遣人驚。

念腰間箭，匣中劍，空埃蠹，竟何成！時易失，心徒壯，歲將零。渺神京。干羽方懷遠，靜烽燧，且休兵。冠蓋使，紛馳鶩，若為情！聞道中原遺老，常南望、羽葆霓旌。使行人到此，忠憤氣填膺。有淚如傾。

詞的上闋寫大時代宋金對峙的局面，下闋寫小個體壯志難酬的人生。從朝廷當政者安於現狀，到中原百姓空盼復興，其中往來穿梭時不待我的感傷，令人讀罷悲壯難平。尤其是最後一句「忠憤氣填膺，有淚如傾」，既表達了山河破碎風飄絮的淒涼，也暗示了對朝廷屈辱求安的強烈憤懣，不禁令人感慨良多。

這首詞是張孝祥留守建康時期所作。那次宴會上，他作詞後，主戰派張浚沉默不語，起身離席。可見，這首〈六州歌頭〉對主戰人士內心觸動極大，也因此被很多名家譽為「詞史」。

張孝祥填詞，一方面學蘇軾的「疏豪」，另一方面，他也學蘇軾的「狂放」，兼具浪漫主義情懷，運筆自如，如法天成。前面這類的典範是〈六州歌頭〉，後者翹楚當歸〈念奴嬌〉（過洞庭）：

洞庭青草，近中秋、更無一點風色。玉鑒瓊田三萬頃，著我扁舟一葉。素月分輝，明河共影，表裡俱澄澈。悠然心會，妙處難與君說。

應念嶺表經年，孤光自照，肝膽皆冰雪。短髮蕭疏襟袖冷，穩泛滄溟空闊。盡吸西江，細斟北斗，萬象為賓客。扣舷獨嘯，不知今夕何夕。

在中國古典文學中，很少有單純描繪景色的詩詞，所謂「一切景語皆情語」說的正是這個意思。古人寫作詩詞，名為寫景實為感懷。萬頃山光水色，無限人世悲喜。有留戀，有悵惘，有憧憬，也有嘆息。青春的痴情，家國的憂慮，種種複雜的感情交織在一起，令敏感的文人們覺出人生苦短、壯志難酬。陳子昂感傷「念天地之悠悠，獨愴然而涕下」；張若虛感嘆「今人不見古時月，今月曾經照古人」；蘇軾乘一葉小舟划過赤壁，感慨「天地曾不能以一瞬……物與我皆無盡也」。面對天地間恆常的清風明月，人們常會不自覺地沉浸在澄澈的感覺中，悠然自得，體會天人合一的妙悟。

西元一一六六年，張孝祥因屢屢支持北伐而受到主和派的排斥，被貶職北歸，途經洞庭湖，於是創作了這首〈念奴嬌〉。山川峭拔，湖水明淨，體現了張孝祥內心的壯美和寧靜。而「孤光自照，肝膽皆冰雪」是對詞人情感、人格的提升與淨化。「西江」、「北斗」、「萬象為賓客」，作者在反客為主的時候，情動於中不能自已，禁不住扣舷而歌，「不知今夕何夕」。從忘情於自然美景，到忘懷得失，最後登上了忘我的高峰，安靜恬淡，「無一點風色」的洞庭湖，居然也雷霆萬鈞，壯志凌雲起來。

歷史上的張孝祥是一個有胸襟、有膽略、有氣魄的人，才華直逼蘇軾。他崇拜蘇軾，卻又希望能獨闢蹊徑開創自己的風格。張孝祥在水天之間寄託了自己的理想，將孤傲高潔的心性與壯懷激烈的感情巧妙地融合在了一起，不但秉承了蘇軾的豪放，也開創了後世辛派詞人的沉鬱和悲涼，完成了蘇辛二人在歷史長空與文學承繼上的完美對接。當然，這些後世的美譽，張孝祥是無法得知的。他能留給後人的，唯有峭拔的心路、超拔的志向和曲折的故事……

據說張孝祥少時讀書，聽到池塘中蛙聲不斷，一氣之下隨手將硯臺砸到水裡，池內立刻寂靜無聲。後來，這個水池竟再無蛙聲喧鬧，人們稱此為「禁蛙池」。在古人看來，這少年恐怕就是「文曲星」轉世，因為只有神仙下凡才能鎮住地上的「生靈」。後來的後來，人們知道了，張孝祥就是當年差點被秦檜埋沒、終被宋高宗御筆欽點的狀元……

濃濃愛國意，念念北伐心——陸游

徽宗宣和七年（一一二五年）十月，陸游降生在風雨飄搖的北宋末年。是年冬，金人出兵攻打北宋，宋徽宗傳位於兒子，宋欽宗繼位，改元「靖康」。不到兩年的時間，宋徽宗與宋欽宗被俘，北宋徹底覆滅。所以，靖康元年（一一二六年）是陸游人生的起點，也是北宋淪亡的開始。

「我生學步遭喪亂」，是陸游的感慨，也是陸游的無奈。自出生起，陸游便隨著家人一路南下，幼小的心靈在國家滅亡和舉家逃難中受到強烈的震撼，由此在內心播下「北伐」的種子。日後，宦海沉浮，幾次起落，絲毫不曾動搖過陸游的信念，因為那枚「王師北定」的種子在陸游的心裡頑強地扎根，任性地瘋長。

而他的經歷，他的理想，他的作品，他的心路，都是盤繞在這棵大樹上的枝枝蔓蔓，豐富著他的人生，改寫著他的命運。

紹興二十三年（一一五三年），陸游進京趕考，因排名在秦檜孫子秦塤之前，被秦檜所免。直到秦檜病逝，陸游才正式步入仕途。西元一一六二年，金軍南下，北方戰線較為空虛，當地人紛紛起義，反抗金人的統治。彼時的南宋，已然在江南建立了政權，宋高宗無意北伐，耽於享受，讓陸游很是鬱悶。

家住蒼煙落照間，絲毫塵事不相關。斟殘玉瀣行穿竹，卷罷黃庭臥看山。
貪嘯傲，任衰殘，不妨隨處一開顏。元知造物心腸別，老卻英雄似等閒！

這首〈鷓鴣天〉中有著陸游難得一見的飄逸和瀟灑。他將自己的住處勾勒得美好而空靈。「蒼煙落照」的景色不染塵埃，所以他也不想關心世事。喝著美酒在竹林裡納涼，讀讀好書，看看遠山，這樣曠達自在的生活實在難得，周遭的事情也總能令自己笑逐顏開。但造物主總是這樣無情，讓英雄與普通人一樣慢慢衰老！如果不是最後兩句中緩緩吐出的抱怨，陸游的這首詞差點就被誤讀為「農家田園樂」。但詞的結尾，那種英雄老去、恐再無用武之地的不甘，卻扭轉了全詞的基調。

幸運的是，陸游的志不能伸很快就得到了改善。西元一一六二年，宋孝宗即位，任命陸游為樞密院編修，並賜進士出身。這一年，陸遊已經三十八歲了。他開始不斷上疏給孝宗，提出如何整頓軍隊，制定北伐計畫，以圖恢復中原，忍了很多年的政治理想開始逐漸抬頭。孝宗也開始指派專員負責北伐事宜。

不幸的是，此時距離北宋滅亡已經過了幾十年，南宋的政局剛剛穩定下來，無論是高宗還是孝宗，無論從個人還是國家層面，南宋皇帝的北伐通常只是表面上的「聲稱」而已。各種「議和」活動都在緊鑼密鼓有條不紊地進行著。陸游一再上書抗金，鬧得皇帝面子上有點過不去。這種情況下，有人啟奏說陸游結黨羽，慫恿北伐都督張浚用兵，孝宗大怒，直接將陸游貶官。

懶向青門學種瓜，只將漁釣送年華。雙雙新燕飛春岸，片片輕鷗落晚沙。

歌縹緲，艫嘔啞，酒如清露鮓如花。逢人問道歸何處，笑指船兒此是家。（〈鷓鴣天〉）

後人評陸游詞「清麗處如秦觀，雄健處似蘇軾」，確有幾分道理。「雙雙新燕，片片輕鷗」有秦學士的細膩，「懶學種青瓜，漁釣送年華」又頗有幾分蘇學士的豪邁。妙手一出，大手筆寫小生活，構思有序，用詞質樸，讀來清新自然，如臨其境。可見，如果陸游生活平順，事業安穩，他很可能變成一位優秀的田園詩人。但理論是一回事，現實是另外一回事。

西元一一六九年，賦閒四年的陸游被朝廷徵召做夔州通判。西元一一七一年，陸游離開夔州，歡歡喜喜地隻身赴漢中，到王炎幕府任職，在大散關一帶巡邏。可能陸游自己也未曾料到，大散關的生活後來竟成為他畢生最珍貴的回憶之一。

大散關是川陝地區交通要地，戰略位置非常特殊。關的這邊是南宋前線的守軍，關的那邊是陝西，是長安，是淪陷的中原。抗金前線的真實生活，揮師北伐的激動心情，讓已年近五十的陸游充滿了力量。正當陸游為理想摩拳擦掌的時候，朝廷忽然否決了北伐的計畫，解散幕府，調王炎回京。軍旅生活的深刻體驗，立志報國的宏偉藍圖，頃刻間，成為夢幻泡影，令陸游壯志成虛。這是陸游離自己的理想最近的一次，也是他生命中離北伐最近的一次。

雪曉清笳亂起，夢遊處，不知何地。鐵騎無聲望似水。想關河，雁門西，青海際。睡覺寒燈裡，漏聲斷，月斜窗紙。自許封侯在萬里。有誰知，鬢雖殘，心未死！（〈夜遊宮〉）

西元一一七二年冬，陸游懷著巨大的失落離開了前線的軍旅生活，到蜀中任閒職。收復失地的雄心壯志，報國無門的滿腔悲憤，「鬢雖殘，心未死」的糾結與掙扎，又有誰能知道呢？

此番大散關前取消北伐一事，對陸游的打擊非常沉重，但他生性執著，血液裡湧動著不達目的誓不甘休的勁頭。即便被調任閒職，依然大膽上書，屢次建議出師收復失地。可惜，從未被採納過。

慢慢地，為官多年的陸游年紀越來越大，已經不再適合做官。宋朝對這樣的官員給予優待，給他一座廟宇讓他管理，廟宇的收入也化為他的俸祿。所以，其後很多年，陸游都以「奉祠」維持家人生計。此間，有人攻擊他「狂放」，陸游將計就計，乾脆自號「放翁」。

直到西元一一七八年，孝宗才再次召見陸游。陸游四十六歲入川，如今已五十四歲。八年的時間，陸游總是盼望著能回到家鄉，但如今真要離別，才覺蜀地的時光也分外可貴，多年的生活也讓他依依不捨。這是常情，也是深情。

歸夢寄吳檣，水驛江程去路長。想見芳洲初繫纜，斜陽，煙樹參差認武昌。

愁鬢點新霜，曾是朝衣染御香。重到故鄉交舊少，淒涼，卻恐他鄉勝故鄉。（〈南鄉子〉）

當年也曾身穿朝服上殿面君，如今，鬢角添了許多白髮。回到故鄉，那些舊相識老朋友，恐怕已經很少了吧，能夠聊得來的人也許並不比蜀地多。那種回鄉時的尷尬，親切又疏離的痛感，陌生也膽怯的淒涼，被陸游刻畫得真實動人。

再次回到朝廷的陸游，很快就發現北伐無望，他心心念念的恢復中原之大計，已經漸漸變得虛幻，如水中月，鏡中花，可望而不可及。

宋光宗紹熙元年（一一九〇年），主和派發起對陸游的攻擊，原因是陸游「喜論恢復」。朝廷最終將陸游罷官的由頭是「嘲詠風月」。陸游一氣之下離開京師，將自己的住宅命名為「風月軒」，以示抗議。此後，年近七十的陸游開始了隱居生活。

當年萬里覓封侯，匹馬戍梁州。關河夢斷何處？塵暗舊貂裘。
胡未滅，鬢先秋，淚空流。此生誰料，心在天山，身老滄洲。（〈訴衷情〉）

晚年的陸游回憶最多的還是那段匹馬戎裝的歲月。陸游一生坎坷，但才華蓋世，文史兼通，所著頗豐。他可以詩，可以詞，可以文，且能編修國史，乃罕見的奇才。他的作品內容廣泛，寫日常生活的寧靜與恬淡：「小樓一夜聽春雨，深巷明朝賣杏花」、「山重水複疑無路，柳暗花明又一村」；也悼畢生難忘的情事：「路近城南已怕行，沈家園裡更傷情」、「玉骨久埋泉下土，墨痕猶鎖壁間塵」。七十幾歲的時候，陸游依然對前妻唐琬念念不忘，每至沈園都哀傷悲慟，可見他用情之深；也談自己高潔的志向與情操：「零落成泥碾作塵，只有香如故」。但在這些作品中，最令陸游光芒四射的還是他堅定北伐的決心和勇氣、至死不渝的「戰神」風采。

即便在隱居不出的歲月裡，陸游也從未斷絕與主戰派的接觸，先是與范成大結莫逆之交，又與辛棄疾促膝長談。韓侂胄興「慶元黨禁」，陸游寫詩批判韓；但韓侂胄決定揮師北伐，陸游又為韓站腳助威。陸游用自己的行動來表明：願以畢生餘力，誓弘愛國大業。可惜，這些努力卻無法兌現成實際，只能化成字裡行間綿綿的遺憾，不絕的悔意。

壯歲從戎，曾是氣吞殘虜。陣雲高、狼烽夜舉。
朱顏青鬢，擁雕戈西戍。笑儒冠、自來多誤。
功名夢斷，卻泛扁舟吳楚。漫悲歌、傷懷弔古。
煙波無際，望秦關何處？嘆流年、又成虛度。（〈謝池春〉）

桐葉晨飄蛩夜語，旅思秋光，黯黯長安路。
忽記橫戈盤馬處，散關清渭應如故。
江海輕舟今已具，一卷兵書，嘆息無人付。

早信此生終不遇，當年悔草長楊賦。（〈蝶戀花〉）

老年的陸游，念念不忘的仍然是那段幕府的經歷。偶爾，他也會說「嘆流年，又成虛度」，「當年悔草長楊賦」，但這些，都不過是他胸中壯志未酬的託詞，是他心中不忍細看的傷疤。若非如此，他便不會在彌留之際，含恨留下絕筆。

死去元知萬事空，但悲不見九州同。王師北定中原日，家祭無忘告乃翁。（〈示兒〉）

這是陸游的遺書，也是他至死不渝的宏願。

西元一二一〇年，八十四歲的陸游在悲憤中與世長辭。後人梁啟超仰慕其精神，讚其曰：

詩界千年靡靡風，兵魂銷盡國魂空。集中什九從軍樂，亙古男兒一放翁。（〈讀陸放翁集〉）

振翅難飛，壯志難酬——辛棄疾

醉裡挑燈看劍，夢迴吹角連營。八百里分麾下炙，五十弦翻塞外聲。沙場秋點兵。
馬作的盧飛快，弓如霹靂弦驚。了卻君王天下事，贏得生前身後名。可憐白髮生。

這首〈破陣子〉（為陳同甫賦壯詞以寄）是辛棄疾晚年回憶當年戰火中的青春時寫下的經典之作：醉意猶酣時，燈前查看佩身寶劍；半夢半醒之間，聽得營地裡號角聲聲。坐騎好似名馬的盧般飛快，利箭發射時有如霹靂雷鳴。為君主完成統一大業，活著或死去都要贏得報國立功的英名！

這是辛棄疾一生追求的理想，也是他此生難全的願望……

宋朝皇帝都不喜歡打仗，北宋如此，南宋亦然。南宋高宗皇帝趙構之所以「不好戰」，最重要的原因就是，生怕父親和哥哥一旦從金國獲釋回來，自己就得從皇位上滾落下來。然而，皇帝「不好戰」，不等於臣民也跟著軟弱怯懦，比如被趙構冤殺的岳飛，就是流芳百世的民族英雄；又比如以許多雄壯詞篇而傳頌千古的辛棄疾，也是一位當時的英雄——他的詞作，就被後人稱為「英雄之詞」。

南宋紹興十年（一一四〇年），辛棄疾出生於濟南。他出生的時候，離西元一一二七年北宋王朝滅亡，已有十四年。辛棄疾自小就對國土淪陷、外族欺壓的痛苦有著切身的體驗，抗敵報國的願望隨著年齡的增加，在他的心中日漸萌發、滋長。

紹興三十一年（一一六一年），辛棄疾二十二歲，就在這一年，金主完顏亮悍然大舉南侵，企圖徹底消滅偏安於臨安（今浙江省杭州市）的南宋政權。中原百姓為了不再忍受金主的橫徵暴斂，紛紛組織義軍，辛棄疾也在家鄉聚眾兩千多人，亮出了起義的旗幟。

緊接著，辛棄疾獲悉另一支由農民領袖耿京領導的山東義軍實力強大，已經攻占了軍事重鎮東平府鄆州，便果斷地率領隊伍投奔了耿京，並在耿京的義軍中擔任了「掌書記」一職（主要工作是負責全軍的書檄文告）。

值此青春年少時，辛棄疾從戎馬倥傯的戰鬥經歷開始，走上了壯懷激烈的人生道路。

紹興三十二年（一一六二年），金國統治者內部矛盾爆發，金主完顏亮在前線被部下所殺，金軍陷於混亂，只好北撤。辛棄疾奉耿京之命，南下與南宋朝廷聯絡，希望歸附朝廷。然而，就在他完成使命回歸山東的途中，卻獲悉耿京已被叛徒張安國所殺，其部隊也開始潰散。智勇雙全的辛棄疾義憤填膺當機立斷，竟然隻身率領五十多人的一隊精兵，千里奔襲，闖入數萬人的重重敵營，生擒了叛徒張安國，然後又押解著叛徒，馬不停蹄地趕回建康（今南京），交給朝廷處決。辛棄疾驚人的勇敢和果斷，使他名重一時，「壯聲英概，懦士為之興起，聖天子一見三嘆息」。膽小懦弱的皇帝趙構很是欣賞辛棄疾的英雄氣概，不久便任命他為江陰簽判。從此，辛棄疾開始了他在南宋的仕宦生涯。此時，辛棄疾年方二十三歲。

許多年之後，當與友人聊起那場註定被載入史冊的奇蹟般的千里奔襲戰，他仍然抑制不住「氣吞萬里如虎」的萬丈豪情，在友人的一片讚嘆聲中，他慨然命筆，寫下了這首〈鷓鴣天〉（有客慨然談功名因追念少年時事戲作）：

壯歲旌旗擁萬夫，錦襜突騎渡江初。燕兵夜娖銀胡觮，漢箭朝飛金僕姑。

追往事，嘆今吾，春風不染白髭鬚。卻將萬字平戎策，換得東家種樹書。

從起義軍將領變成皇家官吏的辛棄疾離開山東來到了南方。初來乍到的他，並未看清皇帝和朝廷畏縮怯懦的本質，因為宋高宗趙構曾為他「一見三嘆息」，隨後繼位的宋孝宗也恢復了岳飛的名譽，開始抗金。辛棄疾以為，他南下投奔朝廷之後，用不了多長時間，就能重返故鄉收復失地了。所以在到南宋任職的前一時期，他曾熱情洋溢地寫了不少有關抗金北伐的論政治論軍事的奏疏，像著名的《美芹十論》、《九議》等。「美芹」就是美味的芹菜，古人以「獻芹」比喻所獻之物很廉價很菲薄、所提的建議很淺陋很幼稚。所謂《美芹十論》，指的是辛棄疾寫了十篇建議書獻給皇帝，陳述他關於抗金救國、收復失地、統一中國的大計。

儘管這些建議書在當時和後來都深受人們稱讚，廣為傳誦，但因為孝宗指揮的抗金戰爭很快被打敗，轉而謀求與金國議和，所以已經不願再戰的朝廷，對辛棄疾的一腔熱情自然是反應冷淡，果然將他所獻的「美芹」視為菲薄之物、淺陋謬論。

一晃八九年過去，辛棄疾被委任為建康通判。「通判」一職，屬於知府或者知州的副手，相當於副市長，理論上算是臨時性的差遣，不是常設官職。這是明顯的被投閒置散。一個南京市的副市長，而且還是臨時性的，當然沒有什麼權力去參與國家大政方針的決策，因此，辛棄疾的《美芹十論》、《九議》，縱然洛陽紙貴，也無非一紙空文。

壯志難酬的英雄只好憤懣慨嘆：「卻將萬字平戎策，換得東家種樹書。」所以，在乾道四至六年間，辛棄疾以建康通判的身分，登臨南京城西水西門內的賞心亭，舉目長江以北遙望故鄉，低頭觀賞秦淮河畔美景名勝，一時對家國恨、故鄉戀生出無限感慨，遂留下了千古名篇〈水龍吟〉（登建康賞心亭），感懷自己不得一遂報國之願：

楚天千里清秋，水隨天去秋無際。遙岑遠目，獻愁供恨，玉簪螺髻。落日樓頭，斷鴻聲裡，江南遊子。把吳鉤看了，欄杆拍遍，無人會，登臨意。

休說鱸魚堪膾，盡西風、季鷹歸未。求田問舍，怕應羞見，劉郎才氣。可惜流年，憂愁風雨，樹猶如此！倩何人喚取，紅巾翠袖，揾英雄淚！

此後多年，辛棄疾詞作的大半部分，都是在圍繞著一個大主題創作：抒發壯志難酬、報國無路的沉鬱悲憤心情，比如這首：

少年不知愁滋味，愛上層樓，愛上層樓，為賦新詞強說愁。

而今識盡愁滋味，欲說還休，欲說還休，卻道天涼好個秋。（〈醜奴兒〉）

又如這首：

舉頭西北浮雲，倚天萬里須長劍。人言此地，夜深長見，鬥牛光焰。我覺山高，潭空水冷，月明星淡。待燃犀下看，憑欄卻怕，風雷怒，魚龍慘。

峽東蒼江對起，過危樓，欲飛還斂。元龍老矣，不妨高臥，冰壺涼簟。千古興亡，百年悲笑，一時登覽。問何人又卸，片帆沙岸，系斜陽纜。（〈水龍吟〉）

南宋淳熙八年（一一八一年）冬天，辛棄疾四十二歲，南渡之後命途多舛的他又遭彈劾，再次被迫賦閒家居，重拾「宅男」舊職。這一次，他被貶之地是江西上饒，此後二十餘年，他就定居在了上饒。

上饒為四省通衢，離南宋首都杭州很近。便利的交通更兼優美的環境，吸引了許多士大夫到此定居。辛棄疾來到上饒後，一下子看中了這裡。他在城北建築了一百來間房舍，又將房舍左邊的荒地開闢為田園，栽滿了水稻。屋內推窗即見滿目莊稼，所以他將這處親手規劃設計修建的寓所，命名為「稼軒」，後來寫詩作文，落款時常常自稱「稼軒居士」，出處就由於此。

辛棄疾還在田邊修了一個亭子，取名「植杖」，好像真的想親手拿起農具耕作。新居將要落成時，他寫下了這首〈沁園春〉（帶湖新居將成）：

三徑初成，鶴怨猿驚，稼軒未來。甚雲山自許，平生意氣，衣冠人笑，抵死塵埃。意倦須還，身閒貴早，豈為蓴羹鱸膾哉。秋江上，看驚弦雁避，駭浪船回。

東岡更葺茅齋，好都把軒窗臨水開。要小舟行釣，先應種柳，疏籬護竹，莫礙觀梅。秋菊堪餐，春蘭可佩，留待先生手自栽。沉吟久，怕君恩未許，此意徘徊。

隨後，辛棄疾又描繪了新居及周邊田園規劃圖，交給自己的好友兼粉絲、翰林大學士洪邁，囑咐洪邁說：「吾甚愛吾軒，為吾記。」大學問家洪邁沒有辜負辛棄疾的願望，一氣呵成，揮筆寫下了流傳後世的美文〈稼軒記〉。後人傳為美談的辛棄疾孤軍闖敵營，生擒叛徒張國安的故事，就記載於這篇〈稼軒記〉裡：「……侯本以中州雋人，抱忠仗義，章顯聞於南邦。齊虜巧負國，赤手領五十騎，縛取於五萬眾中，如挾毚兔，束馬銜枚，間關西奏淮，至通晝夜不粒食：壯聲英概，儒士為之興起！聖天子一見三嘆息……」

辛棄疾本來是才華出眾的忠義之士，他的名聲一直傳頌在南宋。張安國背叛國家，辛棄疾率領五十騎將他從五萬眾之敵營中生擒回來，就好像撬開岩石逮兔子一般輕鬆。之後馬蹄裹布，馬嘴含物，取道淮西南下，一天一夜不吃飯，聲勢雄壯慷慨，使那些怯懦的人深受鼓舞，皇上召見他時也再三讚嘆……

然而，文武兼具、智勇雙全的辛棄疾，可謂生不逢時。在南渡以後的四十五年中，曾經遭受過多次的讒毀和擯斥，放廢於林泉間者，前後有將近二十年之久。反反覆覆的起起落落，不由人不心生冷意。所以，既非常瞭解辛棄疾境遇又十分理解他心境的好友洪邁，在〈稼軒記〉裡又說：「彼周公瑾、謝安石事業，侯固饒為之。此志未償，因自詭放浪林泉，從老農學稼，無亦大不可歟。」——類似那周瑜、謝安的功業，辛棄疾本來是可以建立的。但這個志向還沒實現，就自己表示要縱情山水，跟從老農學習耕種，也沒有什麼不可的。這段話，真切鮮活地記錄下了辛棄疾壯志未酬、心有不甘的狀態。

西元一一九六年夏，帶湖莊園失火，辛棄疾舉家遷居離此不遠的瓢泉。同年秋天，辛棄疾生平所有的各種功名頭銜全部被朝廷削得一乾二淨，他也因此真正過起了遊山玩水、野鶴閒雲的村居生活，寫下了大量謳歌田園風物、四時風光、世俗民情的詩詞。「我見青山多嫵媚，料青山見我應如是。情與貌，略相似。」「東風夜放花千樹，更吹落，星如雨。」「最喜小兒無賴，溪頭臥剝蓮蓬。」

表面看來，辛棄疾淡泊清靜放浪林泉與世無爭，其實他心中的愛國熱忱絲毫沒有消滅，無時無刻不惦記著收復失地、一統河山的家國大計。在吟唱田園風物的同時，每每遺懷抒情，他又總是不自禁地寫下憂國憂民、鬥志昂揚的辭章：「此身忘世渾容易，使世相忘卻自難。」「袖裡珍奇光五色，他年要補天西北。」「男兒到死心如鐵，看試手、補天裂。」

時間到了西元一二〇七年秋天，辛棄疾病重在床時，朝廷又來詔命，要他出山擔任樞密都承旨一職。此職與宰相平級，直接協助皇帝決策軍機，協調全國軍務。遺憾的是，此時的辛棄疾已經沉痾難起，只得上奏請辭。九月初十，這位偉大的民族英雄、愛國詞人，在南渡四十五年之後，懷抱著滿腔未得一用的忠義和謀略離開了人世。傳說，臨終之時，他大呼數聲「殺賊」而瞑目。

這一年，辛棄疾六十七歲。

第七章

回不去的故鄉

清都山水郎，曠逸乃詞仙——朱敦儒

朱敦儒，西元一〇八一年生，字希真，洛陽人。《宋史》記載其「志行高潔，雖為布衣，而有朝野之望」。朱敦儒雖然只是一介布衣，但在朝廷和民間都是很有威望的。所以靖康時期，宋欽宗曾召他入京，想授予他學官，但朱敦儒拒絕了這個邀請。他給出的理由是：「麋鹿之性，自樂閒曠，爵祿非所願。」意思就是，我這種人就像麋鹿一樣，天性就是自由自在地在曠野中生活，功名利祿這種事並不是我所渴望的。因著這份清高與瀟灑，人讚其「天資曠逸，有神仙風致」。這還不夠，朱敦儒從京師返回洛陽後，竟然洋洋灑灑地寫下了一首詞直抒胸臆：

我是清都山水郎，天教懶慢與疏狂。曾批給雨支風券，累上留雲借月章。
詩萬首，酒千觴，幾曾著眼看侯王。玉樓金闕慵歸去，且插梅花醉洛陽。

這首〈鷓鴣天〉（西都作）是朱敦儒前期詞作的代表，也是其早年個性氣質的集中體現。上闋起筆，開篇點題，「我是清都山水郎」，意為我就是掌管天界山水的郎官，這份慵懶和疏狂本就是天性使然。直抒胸臆，語氣豪放！那麼山水郎的工作是什麼呢？就是審批風來雨去、留雲借月的事情，而這些正是大自然能供給人間必不可少的資源。在這樣浪漫的想像中，朱敦儒完成了對自己理想世界的塑造。

下闋直接轉入對現實生活的描寫。飲酒賦詩，輕慢王侯，輕蔑世俗。那些所謂的瓊樓玉宇、王侯將相、富貴功名，根本入不了朱敦儒的「法眼」。所以，他說不如「歸去」，還是回去斜插梅花，醉倒在洛陽城裡吧。也只有這樣自由自在瀟灑自如的生活，才是他真正的「歸宿」。

「縱情於山水，豪放而不羈」，可說是朱敦儒前半生的理想，也是他畢生不懈的追求。而〈鷓鴣天〉自誕生起就因其爽朗與瀟灑，流行於汴京和洛陽等地，深受人們的喜愛，由此成為北宋末年膾炙人口的小令。

如果歷史的戰車依然平穩前行，朱敦儒可能就會變成第二個林逋，山清水秀、疏影橫斜、醉插梅花，如此瀟灑通透地過完幸福的一生。但歷史的轉捩點突然出現，西元一一二七年，金兵南下，擄走宋徽宗和宋欽宗，北宋滅亡。

不是每個人都能經歷和承受亡國之痛的，大歷史浪潮下的小人物，尤其懂得「山河破碎」的淒涼。即便如朱敦儒這樣不問世事懶理世俗的人，也不禁在亡國逃難的日子裡呻吟感慨。

劉郎已老，不管桃花依舊笑。要聽琵琶，重院鶯啼覓謝家。
曲終人醉，多似潯陽江上淚。萬里東風，國破山河落照紅。（〈減字木蘭花〉）

唐代劉禹錫曾寫詩云：「玄都觀裡桃千樹，盡是劉郎去後栽。」等後來經歷了貶官等人生變故後，再遊玄都，劉禹錫又寫：「種桃道士歸何處？前度劉郎今又來。」蘇軾外放密州時寫詞說「老夫聊發少年狂」，當時也只有三十九歲，但心中淒涼故而自稱「老夫」。都說青春不是朱顏皓齒，而是積極向上的心態，這個道理古人似乎早有體悟。朱敦儒開篇以「劉郎已老」自喻，也是大有顛沛流離、心境蒼老之嘆。

西元一一二七年，「清都少年」的俊逸在南渡之後，很快就被「中年劉郎」的蹉跎所替代，四十七歲的朱敦儒發出了中年人的感慨。「桃花依舊笑春風」，但劉郎已老，中年萬事休，那些春風桃李、兒女情長的事，朱敦儒再沒興趣欣賞。看來只能去深院裡尋找擅長彈琵琶的歌女了。而「琵琶語」已然是心事寂寥，傷感落淚的暗指。

下闋直接寫聽過琵琶後，曲終人醉。「江州司馬青衫濕」，朱敦儒就如當年的白居易般感慨良多，涕泗橫流。萬里東風浩蕩依舊，但國土淪喪，只剩下半壁江山映照在如血的殘陽中，詞境淒婉，飽含亡國之痛。

也許從這時起，朱敦儒的心理起了微妙的變化，這變化一時說不上是什麼，但總有些情緒滾動在他的作品中。

> 扁舟去作江南客，旅雁孤雲，萬里煙塵。回首中原淚滿巾。
> 碧山對晚汀洲冷，楓葉蘆根，日落波平。愁損辭鄉去國人。（〈採桑子〉）

這份流動的感情，或許是拳拳赤子心，或許是殷殷報國意，總會在某一時刻被點亮。

紹興二年（一一三二年），有人舉薦朱敦儒，說他有經世之才，懂得如何治理國家。高宗下詔任命他擔任右迪功郎（宋代屬於正九品官職，相當於現在的鎮長等職）。不僅如此，高宗還派人督促他上任，但朱敦儒仍然不肯受詔。這時，朱敦儒的朋友就來勸他，說現在天子虛席以待，靜候賢能，希望能夠振興國家。你看「譙定召於蜀，蘇庠召於浙，張自牧召於長蘆」，他們都出山來為國家效力，這是名動京城、聲揚四方的好事，為何你就偏要住茅屋吃野草，老死山林呢？朱敦儒覺得此言有理，於是決定出山。

到了京城後，高宗舉行殿試，朱敦儒長談闊論，見解明暢，高宗非常高興，賜朱敦儒進士出身，任命他擔任祕書省正字一職。「祕書省正字」屬於文職類，相當於文館的編輯，雖職位不高但賜進士出身，也等同於「名流」了，仕途的星光大道得以徐徐鋪開。時逢南渡初年，朝廷裡「主戰」與「主和」的聲音此起彼伏，朱敦儒選擇堅定地站在主戰派的陣營中，他內心復國的火焰漸漸點燃，寫了很多感時憂憤、富有現實意義的詞作。

紹興十九年（一一四九年），有人彈劾朱敦儒，說他有異端學說，並與李光勾結。李光是南宋名臣，但與秦檜不和。可想而知，朱敦儒因此受到牽連。

就朱敦儒來說，入官場的根本原因，一是受了亡國之痛的刺激，二是中興國家的願望使然。但就現實情況看，步入仕途無異於誤落塵網：他既無法再追求「清都少年」的自由，也不能完成「劉郎主戰」的理想。於是，朱敦儒上書請去，高宗准許還鄉。如果就此解脫倒也是件幸事，尷尬就在於，朱敦儒剛辭官不久，就受秦檜脅迫再次出仕，毀了一世的「清名」。

關於朱敦儒「復出」一事，史書上曾有過描述。說當時秦檜當國，喜歡附庸風雅，願意任用文人墨客，藉此粉飾太平。秦檜的兒子也非常喜歡作詩，仰慕朱敦儒，所以「曲線救國」，先任命朱敦儒的兒子為官，然後再任朱敦儒為鴻臚少卿。朱敦儒父愛爆棚，護子心切，自己也已暮年，不想被流放，所以才「晚節不保」出來做官。結果沒幾年秦檜就死了，朱敦儒隨之再被免官。

短暫的出仕竟然成了朱敦儒「平生最大的汙點」，很多人為其嘆惋。但細想起來，現實中人，能不屈於權勢固然可嘉，能順勢而為明哲保身也屬常理。明末清初，很多名流學者出仕清廷也是受時局脅迫，像吳梅村因為高堂在上不堪其擾也在清朝做了幾年官，但擺過姿態後，很快就辭職還鄉了。凡此種種，皆人之常情，或可理解。

晚年的朱敦儒恐怕也是參透了這份世態炎涼，才安心過著自己的隱居生活。

搖首出紅塵，醒醉更無時節。活計綠蓑青笠，慣披霜沖雪。
晚來風定釣絲閒，上下是新月。千里水天一色，看孤鴻明滅。（〈好事近〉）

從瀟灑的「少年郎」變為滄桑的「劉郎已老」，從出仕南宋辭官變為「復出」又被罷免，幾次轉身之後，朱敦儒終於能夠跳出紅塵，過自己內心一直渴望的生活了。山水風物，不僅有晚來、風定、新月，還有醉了醒了都不知時節不須多慮的自在，更有那水天一色中獨釣江天的暢快。

在閱遍人世歷盡繁華後，朱敦儒的詞有了質的飛躍與回歸。「回歸」是說他再次回到內心世界，清雅的山水風物依然任由他指揮，猶似當年飄逸浪漫的「清都少年」。而「飛躍」是說他的詞已經超越了世俗生活的喜怒哀樂，從「詞境」中提煉出了一種永恆悲涼的美感。

堪笑一場顛倒夢，元來恰似浮雲。

塵勞何事最相親。今朝忙到夜，過臘又逢春。
流水滔滔無住處，飛光忽忽西沉。
世間誰是百年人。個中須著眼，認取自家身。（〈臨江仙〉）

少年看山水，山水都是山水，似乎真有容納天地萬物的胸懷，指揮風雲雷電的魄力。然而，人到中年，經過了塵世蹉跎，看慣了爾虞我詐，讀懂了無可奈何，才知道自由對於生命的寶貴。夢想隨著無情的現實慢慢縮小，但內心的天地卻隨歲月變遷而日漸開闊。及至老年，那山水依然是山水，但流水滔滔，飛光忽忽，看破後，才知人生不過是顛倒的夢境，世事不過是百變的浮雲。這其中，來來去去，忙忙碌碌，「今朝忙到夜，過臘又逢春」，每天從早忙到晚，過了寒冬臘月又是春暖花開；晝夜交替，四季更迭，從不因塵世的熙熙攘攘而駐足停留。這是朱敦儒的詞旨，又何嘗不是人生的真諦！

如果說少年的朱敦儒多的是瀟灑和浪漫，那麼晚年的朱敦儒多的便是曠達和超脫。同樣是山水，卻揮灑出不一樣的風致。語味淡遠悠揚，更添凝練雋永。

世事短如春夢，人情薄似秋雲。不須計較苦勞心，萬事原來有命。
幸遇三杯酒好，況逢一朵花新。片時歡笑且相親，明日陰晴未定。

日日深杯酒滿，朝朝小圃花開。自歌自舞自開懷，無拘無束無礙。
青史幾番春夢，紅塵多少奇才。不須計較與安排，領取而今現在。

朱敦儒在〈念奴嬌〉詞中曾寫道：「老來可喜，是歷遍人間，諳知物外。看透虛空，將恨海愁山一時挼碎。」因為歷遍人間，看透虛空，才能將從前的愁山恨海都撚碎了，讓愛與怨都隨時間慢慢消化。所以，在這兩首〈西江月〉中，朱敦儒寫下了這樣的價值觀——

人生苦短，「世事短如春夢」；
世態涼薄，「人情薄如秋雲」；
功名利祿，「青史幾番春夢，紅塵多少奇才」。
放眼望去，人生終會煙消雲散，所有的一切都不過是片刻的歡笑。

所以，杯中有酒，園中有花，就不須計較，不用安排，萬事自有天命。活在當下，最應把握的就是現在！

雖然後人時有評論說朱敦儒晚年詞作略顯消極頹廢，但誰也無法否認，他拆穿人生真相的勇氣和達觀知命的智慧。

古澗一枝梅，免被園林鎖。路遠山深不怕寒，似共春相趓。
幽思有誰知，託契都難可。獨自風流獨自香，明月來尋我。

這首〈卜運算元〉可說是朱敦儒晚年生活的真實寫照。他躲避塵世，獨自風流，猶如古澗香梅，散發著幽然的暗香，唯有清風明月能夠探得他無窮心事。後代陸游那首著名的〈卜運算元〉（詠梅），其意境與用詞，皆脫胎於該詞。可見，即便路遠山深，靈魂的香氣，也終會吸引到不畏苦寒的知音。

朱敦儒卒於紹興二十九年（一一五九年），後人慕其瀟灑通透，尊其為「詞仙」。

江山美人，久別成悲——姜夔

姜夔生於南宋高宗紹興二十四年（一一五四年），小時候隨父親住在漢陽（今湖北省武漢市）。十四歲父親去世後，他只得依靠姐姐生活，直到成年。二十歲左右開始參加科舉考試，十年間連續考了幾次均名落孫山。因為沒有正式的仕宦身分，所以姜夔的生活始終漂泊不定。在遊走四方的經歷中，令他始終縈懷並被後世屢屢提及的就是那段刻骨銘心的愛情……

那年，二十歲的姜夔客居合肥，認識了一個姑娘。學者夏承燾曾考證，姜夔遇到的可能是兩個姑娘，一對姐妹花。不論哪種說法，都可稱之為「合肥女子」。合肥女子擅彈琵琶，與姜夔非常投緣，之後常有往來，這份情誼就此結下。姜夔一生留詞八十多首，其中二十多首詞（約有四分之一）談的都是這段情事，可見合肥女子在姜夔心中的地位。

不過，對於年輕人來說，愛情固然重要，但國仇家恨這種宏大話題，似乎更容易觸動心事。宋孝宗淳熙三年（一一七六年）冬至這一天，二十三歲的姜夔路過揚州，看到這裡滿目瘡痍，一片荒涼。此時距離北宋滅亡已近五十年，但姜夔來到這裡依然感慨萬千，於是吟詠下這首千古名篇〈六揚州慢〉：

淮左名都，竹西佳處，解鞍少駐初程。過春風十里，盡薺麥青青。自胡馬窺江去後，廢池喬木，猶厭言兵。漸黃昏，清角吹寒，都在空城。

杜郎俊賞，算而今、重到須驚。縱豆蔻詞工，青樓夢好，難賦深情。二十四橋仍在，波心蕩、冷月無聲。念橋邊紅藥，年年知為誰生？

姜夔精通音律，一生有十七首自度曲[9]，〈六揚州慢〉是最早的一首。在這首詞的前面，姜夔加了個小序講創作的緣起：冬至那天姜夔路過揚州，前一晚下了雪，第二天早晨天氣初晴，放眼望去，到處都是薺麥。等到入城後，四顧蕭條，寒水自碧。揚州本

9 自度曲：不依舊譜而自作的新曲。

是「淮左名都」，是非常富饒繁華的城市，「腰纏十萬貫，騎鶴下揚州」，在姜夔的心裡，揚州應該是舞榭歌臺處處、春風十里的地方。結果如今的揚州，早已不是杜牧筆下的珠簾畫棟，而是滿目瘡痍，廢池喬木。天色漸漸暗下來，周圍有戍兵吹起了號角，在姜夔聽來，真是無限悲鳴的聲音。遙想前人筆下昔日的繁華，再看如今的破敗淒涼，撫今追昔，深覺內心創痛，於是自度曲，創作了這首〈六揚州慢〉。

很多人對這首詞稱讚有加，像陳廷焯就曾在《白雨齋詞話》中說：「『猶厭言兵』四個字，包含無限傷亂語，他人累千百言，亦無此韻味。」因為連毫無生命力可言的「廢池喬木」都已經厭倦了戰爭，更何況是城中的百姓，鮮活的生命！所以不只陳廷焯，很多人都對姜夔的這首詞非常喜歡。姜夔在詞的序言中，就提到了千岩老人覺得這首詞有「黍離」之悲。當然，姜夔寫〈六揚州慢〉的時候，還不認識千岩老人，序言中的評價是後來加進去的。姜夔之所以重視這個人的看法，是因為這個人改變了姜夔的人生軌跡。

千岩老人，原名蕭德藻，與范成大、陸游、楊萬里等詩人齊名，時人評價他「文學甚古，氣節甚高」。西元一一八六年，姜夔遇到了蕭德藻。蕭德藻讀過姜夔的詩詞，非常欣賞這個青年，但自己沒有女兒，於是就提出把哥哥家的女兒許配給姜夔。

姜夔這個時候已經三十三歲，因為之前始終沒有仕宦的身分，連生計問題都無法自足，故而一直遊走四方，漂泊為生。他雖與合肥女子有感情基礎，但沒有能力廝守終生。所以，姜夔同意了婚事，娶了蕭德藻的姪女。是年冬，蕭德藻要調往湖州，蕭家舉家遷移，姜夔也在隨行之列。

宋孝宗淳熙十四年（一一八七年）元旦，船過金陵，姜夔在船上夢到了昔日的戀人，有感而作：

燕燕輕盈，鶯鶯嬌軟，分明又向華胥見。
夜長爭得薄情知，春初早被相思染。
別後書辭，別時針線，離魂暗逐郎行遠。
淮南皓月冷千山，冥冥歸去無人管。（〈踏莎行〉）

在這首詞裡，姜夔開篇就寫下對戀人的回憶：輕盈的體態，嬌軟的聲音，昨晚分明又在夢中與她相見。她埋怨我這樣的薄情郎，如何懂得長夜寂寞的苦楚。可是誰知道，春天才剛剛開始，我已經早早沾滿了相思情。下闋寫女子的深情，離別後寄來的書信，離別時縫製的衣衫，都時時刻刻地留在身邊。她像「離魂」的倩女一樣，始終追隨我的腳步，與我同行在山水之間。淮南皓月下，千山清冷寂寞，可憐的心上人黯然歸去，孤苦伶仃，無人照顧。

誠如文學家沈祖棻在《宋詞賞析》中所述，這首詞「上闋是怨，下闋是轉怨為憐，有不知如何是好之意，溫厚之至」。尤其是最後兩句「淮南皓月冷千山，冥冥歸去無人管」，寫得尤其體貼細膩。誰在寒山冷月中與她為伴，誰在早春長夜裡擁她取暖？那種纏綿悱惻的惦念，縷縷不絕的情絲，非要用真心動真情，才能詳盡這份關懷。兩宋文人中，用情如此深切真摯的，姜夔堪稱第一人。因此，他的詞具有非常真實的感人力量。舟行江上，姜夔雖然新婚燕爾，隨蕭家遷徙，但內心深處，感情也是非常複雜的。在毫無經濟來源的情況下，娶蕭德藻的姪女為妻，某種程度也是無奈之舉。

因為這份難言的尷尬之情，姜夔一生存詞八十餘首，卻沒有隻言片語是留給妻子的，而銘記於心縈繞於懷的始終是合肥女子。紹熙二年（一一九一年），三十八歲的姜夔回到了合肥，在那裡，終於見到了合肥女子，無數次魂牽夢繞的人，匆匆相見，匆匆離別。

釵燕籠雲晚不忺，擬將裙帶繫郎船。別離滋味又今年。

楊柳夜寒猶自舞，鴛鴦風急不成眠。些兒閒事莫縈牽。（〈浣溪沙〉）

這首詞作於辛亥正月二十四日姜夔與合肥女子離別之時。上闋寫女子的情態和心情，她用燕狀的髮釵將頭髮梳攏，晚來梳妝，卻難掩滿面愁雲。離別在即，多想用裙帶繫住情郎將走的小船，不忍離別，卻又離別，這痛苦的滋味再次湧上心頭。「又今年」三個字暗示了離別已非一次，實在沉痛。

下闋寫詞人安慰之語。你看那楊柳在寒夜裡獨自起舞，你瞧那水裡的鴛鴦在疾風中無法安眠。不如意總是常有的，這些暫時的分離都是小事兒，不要太介懷。語言平實質樸，但也深切動人。字裡行間充滿了對戀人的依依不捨和溫柔體貼的寬慰語。

「聚散無常」本是安慰戀人的平常話，但世間多有平常話，卻少有平常事。自這日與合肥女子分開後，姜夔竟再未見過她。一個轉身，竟成永別。等姜夔再回到合肥時，這位女子早已嫁作他人婦。「人生只此一回逢」，化為語言是靈巧生動的，變為現實卻滿是遺憾。未來的歲月裡，姜夔四處流浪，依然居無定所，但內心的這份感情卻成了他永久的珍藏。

宋寧宗慶元三年（一一九七年）元宵節前後，四十四歲的姜夔一口氣寫下四首〈鷓鴣天〉，祭奠自己的情事。其中兩首為：

巷陌風光縱賞時，籠紗未出馬先嘶。白頭居士無呵殿，只有乘肩小女隨。
花滿市，月侵衣，少年情事老來悲。沙河塘上春寒淺，看了遊人緩緩歸。

肥水東流無盡期，當初不合種相思。夢中未比丹青見，暗裡忽驚山鳥啼。
春未綠，鬢先絲。人間別久不成悲。誰教歲歲紅蓮夜，兩處沉吟各自知。

元宵佳節是繁華熱鬧喜氣的節日，尤其對於年輕人來說，正是賞花燈逛花市的好機會。「寶馬雕車香滿路」、「眾裡尋他千百度」、「花市燈如畫」、「人約黃昏後」，滿滿的浪漫與快樂。但熱鬧是別人的，屬於那些未經坎坷生活平順的人。李清照說：「如今憔悴，風鬟霜鬢，怕見夜間出去。」群體的狂歡常常更易襯出個體內心的孤獨。姜夔亦如是。

姜夔一生布衣，生活坎坷，沒有固定的經濟來源，只能做門客，四處投靠，依傍別人來生活。蕭德藻當年很欣賞姜夔，曾把姜夔引薦給楊萬里。大詩人楊萬里也很看重姜夔，又把姜夔引薦給范成大。姜夔自序說：「四海之內，知己者不為少矣。」但姜夔也說：「而未有能振之於窶困無聊之地者。」四海之內皆兄弟，認識的朋友不少，引為知己的更多，但能真正徹底解決他生計問題的人卻沒有。

只有一個人是例外，那就是張鑒張平甫。紹熙四年（一一九三年），姜夔結識了張平甫，姜夔說：「其人甚賢，十年相處，情甚骨肉，而某亦竭誠盡力，憂樂關念。」他與張平甫相處了十年，情同手足。張平甫想給他出資捐官，姜夔辭謝。張平甫又想割錫山之地送給姜夔，不知道什麼原因，也沒有辦成。所以等到張平甫謝世，姜夔悵然若失，生活再次陷入困境。

姜夔是非常有才華的人，他的詩作詞作都得到過多方的認可，自己也有考取功名的想法，只是無奈幾次都名落孫山。如果他願意迎合一下世俗，同意張平甫的建議，捐資買個一官半職，恐怕其後來的生活就會好過很多。但儒家思想根深蒂固的傳統文人，總是力求保持人格的完美和氣節的純正，常常會在「曲與直」的細節上糾纏過多。這樣做固然保全了名譽和聲望，但此生的顛沛流離也是在所難免。

姜夔說「少年情事老來悲」，但也說「人生別久不成悲」。也許，對於愛情和事業的選擇，他的心裡早已有了妥帖的安置。南宋詞人張炎非常欣賞姜夔的詞，說：「姜白石詞如野雲孤飛，去留無跡。」而這張炎，恰好是張平甫的後人。所謂生生不息的緣分，恐怕這也算作是一種。

宋寧宗嘉定十四年（一二二一年）（一說約卒於西元一二〇九年），姜夔死於杭州。彼時的他，已經窮困到沒錢安葬的地步。詞友們解囊資助，才得以將他安葬在杭州錢塘門外。姜夔以布衣始，以布衣終。這樣才名轟動又終身落魄的布衣文人，史所罕見。

三千年心事，無奈何人生——吳文英

因曾給奸佞賈似道寫詞而屢遭詬病，其作品因「晦澀難懂」而不被詞學家們欣賞，自南宋末年開始，就不斷有人批評他的詞，雖辭藻華美絢麗，但缺乏內在的邏輯性，語言呈碎片化。「吳夢窗詞，如七寶樓臺，炫人眼目，碎拆下來，不成片段。」這是宋末詞人張炎對他作品的評價。此觀點影響深遠，直到清代，才有詞學家開始意識到他的詞「運意深遠，用筆幽邃，煉字煉句，迥不猶人」，由此開啟了對夢窗詞的全新解讀。

這位飽經爭議的詞人就是吳文英。

吳文英生於南宋，字君特，號夢窗，《宋史》無傳，一生未第，終身遊幕。對古代文人來說，如果不能進入仕途，通常只能做幕僚，依人而生。當然，像陶淵明那樣願意親近自然、躬耕田地的人，就會多一條人生道路。但「歸園田居」這種樂觀的心態不是人人都能持有的。「種豆南山下，草盛豆苗稀」的農事，在古代讀書人眼中，屬於「勞力」

的範疇，不但得不到體面和尊重，還要付出艱辛的勞作。所以，很多人寧願選擇做官員的幕僚、貴族的門客，以此解決生計問題。姜夔布衣終生，曾依靠過蕭德藻、范成大等人；吳文英始終未第，也是依靠達官貴人來生活。

自食其力雖然有些辛苦，但得來的果實穩定而踏實；相反，依人而生雖四體清閒，但精神上諸多勞頓，情感上屢有顛簸。羈旅是常態，倦意是常情，漂泊是常見的主題。這一點上，吳文英也不能例外。

片雲載雨過江鷗，水色澹汀洲。小蓮玉慘紅怨，翠被又經秋。

涼意思，到南樓，小簾鉤。半窗燈暈，幾葉芭蕉，客夢床頭。（〈訴衷情〉）

秋天的雨隨著雲飄來，也隨著雲散去，空濛的水色中，有江鷗飛過。荷花已經枯萎，只剩下荷葉鋪在水面上。吳文英煉詞非常講究，他用「紅怨」說花的顏色也說花的敗落，用「翠被」指葉的顏色也指葉的情態，像被子一樣鋪在水面。上闋結句說「又經秋」，下闋起筆順勢寫「涼意思」，承接得非常自然。客居「南樓」，秋天的涼意漸漸升起。

窗內是孤燈殘影，窗外是殘荷芭蕉，這樣的氣氛中，夢裡全是滿滿的思鄉。羈旅天涯，睹物懷人，每逢秋天更會增添憂傷。吳文英一生遊幕，四方闖蕩，來去間，心靈也變得格外敏感。

何處合成愁？離人心上秋。縱芭蕉、不雨也颼颼。
都道晚涼天氣好，有明月、怕登樓。
年事夢中休，花空煙水流。燕辭歸、客尚淹留。
垂柳不縈裙帶住，漫長是、繫行舟。（〈唐多令〉）

詞人開篇即問：什麼才是「愁」呢？就是離別之人心上的秋天。一層秋雨一層涼，即便沒有秋雨，秋風吹動芭蕉，離人的心裡也是冷風陣陣，情思片片。都說「天涼好個秋」，吳文英卻害怕，怕在這秋夜裡明月下獨自登樓。往事如夢，花落水長流。

「群燕辭歸」，唯獨他這樣的人還客居異鄉。絲絲柳條，繫不住她將要遠行的裙帶，卻絆住了詞作者的腳步。「離別」在古代是沉重的話題，山水縹緲，並無其他便利的交通工具。除鴻雁傳書外，也無便捷的通信手段。不知道哪一次的告別可能就會變成永別。杜甫曾感慨：「少壯能幾時，鬢髮各已蒼。」「明日隔山嶽，世事兩茫茫。」塵事滄海桑田，人生聚散無常。尤其當依依惜別的不是朋友而是自己的戀人時，伊人遠去，身不由己不能追隨，太多的纏綿悱惻，無盡的紛亂思緒，更是鬱結於心，無處排遣。所謂「離人心上秋」，既有「秋心」二字合成「愁」的表意，也有「心如清秋」的孤寂和落寞。這曲折婉轉的心境，妥帖恰當的形容，由此成為對「離愁」的經典詮釋。

吳文英特殊的人生經歷給了他獨特的體驗。他一介布衣，出入侯門，所見所感都與常人不同，落到作品裡，就能看出格局和氣度。

三千年事殘鴉外，無言倦憑秋樹。逝水移川，高陵變谷，那識當時神禹。幽雲怪雨。翠萍溼空梁，夜深飛去。雁起青天，數行書似舊藏處。

寂寥西窗久坐，故人慳會遇，同翦燈語。積蘚殘碑，零圭斷壁，重拂人間塵土。霜紅罷舞。漫山色青青，霧朝煙暮。岸鎖春船，畫旗喧賽鼓。

這首〈齊天樂〉（與馮深居登禹陵）起筆就是「三千年事殘鴉外」，將手中的長鏡頭推向遙遠的歷史，氣度高遠，歷史長空的壯闊馬上躍然紙上。從這樣的視角來看當下，便能對滄海桑田的巨變有所釋然。高岸陷落下去變成深谷，深谷又隆起變成山陵，三千年間的天地，恐怕夏禹再生也要震驚於此。如今，三千年後的吳文英，倚著秋天的樹，默默地注視著禹陵，遙想三千年前大禹的神蹟，看眼前雁過青天畫出優美的弧線，彷彿是當年禹王藏書留下的文字。歸來，寂寥西窗邊，與朋友同剪燈語。想起白天見到的「零圭斷璧」。相傳禹廟裡的玉石都是幾千年前遺留下來的寶物，如今拂去上面的塵土，好讓它們重現人間。又想著，等秋天過了，紅葉凋零，徒留下青青山色，晚煙晨霧。變的是自然，不變的也是自然。吳文英將歷史與現實妥帖地糅合到一處，碎碎絮語便將古今之變輕輕道出。

吳文英的詞都有這個特點，看似不相關的景物，仔細觀察就會發現內在的順序——情感的順序，思想的順序，邏輯的順序。他不是隨便選取這些意象的，而是前後化用，彼此照應，完成他所講的內容。比如這首詞，開篇說「無言倦憑秋樹」，中間講登禹陵，然後與朋友剪燭西窗，談歷史的往事，也談人生的往事。有霜葉由紅至黃的「動」，也有青青山脈「不動」的綠色。詞的結尾已由秋轉春，「岸鎖春船，畫旗喧賽鼓」，又是嘈雜熱鬧人聲鼎沸的春天！四季輪迴，周而復始。春秋推演，亙古不變。這種以「思力」精心編織的秩序，正是吳文英筆法的獨特之處。

另有〈八聲甘州〉（陪庾幕諸公遊靈岩）也是懷古佳作：

渺空煙四遠，是何年、青天墜長星？幻蒼崖雲樹，名娃金屋，殘霸宮城。箭徑酸風射眼，膩水染花腥。時靸雙鴛響，廊葉秋聲。

宮裡吳王沉醉，倩五湖倦客，獨釣醒醒。問蒼波無語，華髮奈山青。水涵空、闌干高處，送亂鴉、斜日落漁汀。連呼酒，上琴臺去，秋與雲平。

如果說〈齊天樂〉描寫的多是歷史的盛衰，那麼〈八聲甘州〉中更醒目的則是個人的感懷。但兩首詞都有著高遠的意境，璀璨的想像力。吳文英說，在虛空縹緲的遠古，不知道是何年何月，從青天上掉下來一顆星，落在地上，幻化出人與景色，幻化出繽紛的世界。先是幻化出蒼翠的山崖、白雲環繞的樹木，然後是西施那樣的美人，還有沉湎於酒色先稱霸後被滅的吳王夫差。側耳傾聽，好像是美人木屐踏在廊上的餘音，又像是秋葉被風吹動的颯颯聲。在吳文英打開的時空裡，霧靄迷離的荒野，四海八荒的塵寰，這顆星，這座山，不僅幻化出自然的景物，也變化出紛繁的塵世。這其中，范蠡是清醒的人，懂得功成身退，而吳王卻在沉湎中墮落、亡國。

「問蒼波無語，華髮奈山青。」這是吳文英對歷史的追問，也是他對現實的反思。他說想問問東流的水，到底是什麼主宰了盛衰的規律，但江水無言，兀自東流去。人生重重困惑，歷史層層謎團，隨時間匆匆滑過，只留下滿頭白髮的詞人，無奈地對著依舊蒼翠的青山。吳文英在這首詞裡，展開的是歷史的想像，抒發的卻是對南宋統治者耽於享樂的憂慮。全詞立意深遠，布局開闊，意境奇幻，實是懷古詞中的佳作。

同是詠史，姜夔因生在南宋中期，對北宋滅亡的傷痛感和南宋衰落的危機感都不強烈，所以詞風清空純雅。而吳文英生活的時間大致在西元一二〇〇到一二六〇年前後，距離南宋滅亡的時間已經非常接近，所以對南宋統治者安於現狀，甘於墮落頹廢，感觸強烈。某種程度上，也是這日益逼近的憂患意識，成就了吳文英深婉細密的語言、遼闊悲壯的風格。

可惜，金無足赤，吳文英的詞雖然非常出色，但在很長一段時間裡都不被重視，追根究柢，主要是詞學家們對他的「道德」批判，因為他曾給賈似道寫過詞。賈似道在《宋史》中被列入〈奸臣傳〉。他領兵出戰蒙古，毫無軍事經驗，卻投機取巧，欺上瞞下，私下跟蒙古約定，納幣稱臣以平息戰爭。但在宋理宗面前，賈似道顛倒黑白，說自己打敗了蒙古，戰事連連「報捷」。其玩弄權術和貪汙腐敗的程度令很多人不齒。而且，這個賈似道還與吳潛有很深的恩怨。

吳潛是宋寧宗時期的進士，為人耿直。宋理宗時，蒙古軍兵臨城下，賈似道等求和派一再慫恿理宗遷都，但是吳潛力勸皇帝不能遷都，唯恐失去民心，這才最終守住了南宋半壁江山。除了「戰和之爭」外，吳潛還曾上書彈劾賈似道同黨弄權誤國，被賈似道記恨在心。後來宋理宗聽信讒言，將吳潛貶官外放。賈似道賊心不死，趁機派心腹將吳潛毒死了。

很多人都知道吳文英是貴族的門客，而他依靠的人主要有兩個：一是嗣榮王，吳文英給嗣榮王寫過祝壽詞，描寫壽宴的奢華，王府的氣派，在祝壽詞裡算是很有藝術價值的。另一個就是被賈似道毒殺的丞相吳潛。所以，很多人不喜歡吳文英，就是因為他曾寫詞酬答賈似道。

某些時候，某些場合，人會迫於形勢做些不得已的事。當時的一些詞人迫於權貴勢力都給賈似道寫詞，吳文英聲名在外，更是不能不寫。吳文英雖然有才華，但畢竟只是依人而生的門客，性格上還是比較軟弱的。但很多人寫的詞極盡奴顏媚骨，吳文英的詞裡卻沒有阿諛逢迎，都只是表面的應酬語。不過古人講究君子「守身如執玉」，雖然吳文英也為吳潛寫過四首感情非常真摯的詞，可世人眼中，他還是給自己的名譽留下了瑕疵。

在吳文英的世界裡，三千年歷史往事終是虛無縹緲，一百年苦短人生何嘗不是左右為難。或許，這就是所謂的命運吧。

吳文英因詞作晦澀難懂被稱為「詞中李商隱」。他過世十幾年後，南宋就滅亡了。

流光容易把人拋——蔣捷

蔣捷，號竹山，生於南宋末年，約西元一二四五年，其先祖據傳是陽羨（今江蘇省宜興市）巨族，咸淳十年（一二七四年）中了進士。家世好，才學高，又進士及第，實在年輕有為，錦繡前程光芒四射，未來寫滿了幸福的樣子。一切，似乎都在意料之中，但一切，又都不能自主，尤其是苦難。

西元一二七六年，元軍攻占了南宋都城杭州，五歲的恭帝被俘。陸秀夫、文天祥、張世傑等人擁立剛滿七歲的恭帝之兄為端宗，繼續南逃。顛沛流離的逃難生涯，令小皇帝驚懼難安，結果不慎落水，雖被救起，但由此落下病患，不久便病逝了。西元一二七八年，年僅六歲的趙昺即位，是為幼主。緊接著，文天祥被俘，張世傑戰敗沉船，南宋已無力對抗。西元一二七九年，崖山海戰失敗，陸秀夫有志報國，無力回天，身背幼主跳海而死，南宋宣告滅亡。歷史的大手就這樣不由分說地將趙宋王朝推進了墳墓。

隨之陪葬的，不僅有三百年的繁華，還有無數鮮活生命的平凡人生。蔣捷，正是其中之一。本來華麗麗的人生就這樣被斷送了，國破家亡，剛剛步入官宦生涯的蔣捷，頓時從「天之驕子」變身為「天涯倦客」。由於拒不出仕，他只好過起隱居的生活，漂泊無依的感情從此蕩漾在他的作品中。

一片春愁待酒澆。江上舟搖，樓上簾招。
秋娘渡與泰娘橋，風又飄飄，雨又蕭蕭。
何日歸家洗客袍？銀字笙調，心字香燒。
流光容易把人拋，紅了櫻桃，綠了芭蕉。（〈一剪梅〉）

顛簸的生活，離亂的情意，風雨中的故國，此刻都蕩漾在江上，彌漫在春天的愁緒中。船在江上搖，滿懷的春愁無從傾訴，但見岸上，酒樓簾幕隨風搖擺，彷彿招攬賓客。自己的心裡也升起借酒消愁的念頭。「秋娘渡與泰娘橋」，一路美景都入不得眼，只覺得風蕭蕭而過，雨飄飄而來，風雨入心，寒氣入骨。

宋亡之後，蔣捷隱居在姑蘇一帶，風雨漂泊，無所依傍。此番船過吳江，春和景明，但在蔣捷看來，自己的人生真如這飄搖在江上的小舟般游移不定，前路茫茫。所以，即便春色明豔動人，還是透出詞作者滿滿的憂愁。

什麼時候才能結束羈旅生涯，回到家裡去洗淨這身流浪四方的「客袍」呢？調著帶銀字的笙，燒著帶心字的香，跟家人團圓，與朋友重逢。流光最是無情，時間過得飛快，輕易便將人「拋棄」。櫻桃紅了，芭蕉綠了，春復又夏，自然界的變化總是簡簡單單，對普通人來說，卻無法再追回青春。最後這三句，既有「天涯倦客」獨特的惆悵，也有「年華易逝，時光不再」所帶來的永恆的感傷，加上押韻工整，節奏感強，所以一直是傳唱千古的佳句。蔣捷更因此得了「櫻桃進士」的雅號。

宋代文人常因作品揚名並得各式綽號，有「山抹微雲秦學士」（秦觀），也有「露花倒影柳屯田」（柳永），有風流才子「張三影」（張先），也有「紅杏尚書」宋祁。這些雅號有的只是玩笑，但某種程度上也能說明他們的風雅。不過，輪到蔣捷這裡，「櫻桃進士」已是亡國破落的流浪兒，再不是醉酒歡樂後的話題，或詩文唱和時的詼諧逗趣。可見，大歷史離小人物雖遠，但依然會在每個人身上留下烙印。

蔣捷在宋亡後寫了很多抒情的詞，看似清新明快，實則感情深婉含蓄，總是略帶惆悵。

白鷗問我泊孤舟，是身留，是心留？心若留時，何事鎖眉頭？風拍小簾燈暈舞，對閒影，冷清清，憶舊遊。

舊遊舊遊今在否？花外樓，柳下舟。夢也夢也，夢不到，寒水空流。漠漠黃雲，濕透木棉裘。都道無人愁似我，今夜雪，有梅花，似我愁。

荊溪是蔣捷的家鄉，外出或歸家，常常要經過這裡。此番遇雪，行程受阻，蔣捷有感而發，寫下這首〈梅花引〉（荊溪阻雪）。上闋起筆，他便給自己的經歷插上了想像的翅膀。白鷗看到我泊船岸邊，忍不住問我：是因為下雪，你不得已留下來，還是你主動選擇，願意留下來的？如果是你自己想留下來的話，又是所為何事緊鎖眉頭呢？

開篇不寫行程受阻的懊惱，不寫雪大路滑的艱難，而寫白鷗與自己的對話，看似閒筆，卻反襯出行者的寂寞和孤獨。夜風襲來，將船艙的簾布吹開，艙內燈火晃動，只有我孤單的影子隨著燭光搖擺。冷冷清清的氣氛裡，忽然想起從前和朋友遊玩的情景。

下闋直接由「舊遊」的主題轉入，不禁追問，曾經一起遊玩的朋友，現在都在哪裡呢？當年結伴出遊，春花爛漫，禁不住在樓臺間逗留；綠柳依依，忍不住泛舟遊湖。現在想起來真是夢一樣的場景。哪怕做夢回味一次也是好的，可惜夢也夢不到。唯有眼前寒水依舊空流。漫天飛雪打濕了棉衣，我卻依然出神地站在雪中。都說沒有人像我這樣憂愁，但是今夜雪中的梅花，似乎與我一樣憂愁。

這首〈梅花引〉語言輕巧，意境清幽，既有對往事的明媚回憶，也有對當下深沉的愁緒。上闋以問答式開端，下闋以自問自答式領起，以如今孤獨寂寞的「泊孤舟」對應當年歡聲笑語的「柳下舟」，在心留與身留的交織中，情景融合，真實自然。

蔣捷與周密、王沂孫、張炎並稱為「宋末四大家」，其作品風格獨特，語言樸實，節奏感強，讀來朗朗上口，所以流傳更廣，影響更大。而且，他能將日常近似口語的文字編排得錯落有致，起伏有序。「紅了櫻桃，綠了芭蕉」（〈一剪梅〉），「花外樓，柳下舟」（〈梅花引〉），「豆雨聲來，中間夾帶風聲」（〈聲聲慢〉），這些詞句像平常語，似家常話，彷彿與老朋友聊天般，就將往事、心事、去國舊事，都蓬蓬勃勃地寫出來，讓人唏噓感嘆之餘，又能嚼出點永恆的味道。再如這首：

少年聽雨歌樓上，紅燭昏羅帳。
壯年聽雨客舟中。江闊雲低、斷雁叫西風。
而今聽雨僧廬下，鬢已星星也。
悲歡離合總無情。一任階前、點滴到天明。

雖然很多詞人都有描寫「雨」的作品，但無疑，蔣捷的〈虞美人〉（聽雨）是同類作品中流傳最廣，最耐人尋味的。這首詞共寫了人生三個階段「聽雨」時的故事和感受。少年時，他是世家子弟，燈紅酒綠，醉生夢死，消遣和娛樂是生活的主旋律。壯年時，南宋滅亡，他是流浪四方的遊子，是兵荒馬亂的難民，是滿腔悲憤的前朝進士，是失群獨飛的天邊孤雁。及至老年，他在僧廬下聽雨，鬢髮斑白，是看透塵世悲歡離合的慈悲老者，是飽經滄桑後漸漸頓悟的安靜靈魂。階前小雨，點點滴滴，直到天明。這是蔣捷對自己人生經歷的深情回顧，也是他在顛沛流離的生活中沉澱出的人生智慧的結晶。

當然，這首詞的魅力不止於此，其更深的內涵在於，它講述的不僅僅是蔣捷一個人的故事，更是很多人都曾經歷過的類似體驗。少年天真貪玩，無憂無慮；中年求生艱難，胸中多有不平氣；老年時，想到很多人生風浪不過轉瞬即逝，無須在乎，不必多言，自然能於淒涼時生寧靜，於寂寞處生驚喜。從「櫻桃進士」到白髮老翁，說到底，欣賞人生風景才是最重要的事。這是〈虞美人〉留下的思考，也是「竹山先生」蔣捷，為後人留在綿延雨聲裡的關懷與守候……

天涯孤雁，國破家亡人離散——張炎

兵荒馬亂這種事對每個人都影響巨大。因為亡國，蔣捷好端端的「櫻桃進士」，只得終生隱居，不問世事；因為亡國，原本是貴族的張炎，淪落到靠擺地攤來討生活。顛沛流離的苦楚，國破家亡的悲愴，非經親歷，恐難體會。

張炎，字叔夏，號玉田，西元一二四八年生於南宋末年的名門望族，祖上是南宋著名武將張俊。張俊當年曾與岳飛、韓世忠、劉光世並稱「南宋中興四將」，很得宋高宗的賞識，死後還被追封為循王。而張炎正是這位循王的六世孫。世襲貴族的榮譽本應照亮張炎的未來，但個人的前途終究拗不過歷史的命運。這種鐘鳴鼎食之家，常常禍福相依。順勢時，榮華富貴猶如探囊取物；逆境來，華屋大廈隨時會土崩瓦解。片刻間，生活就能翻天覆地。

西元一二七六年，元軍攻破臨安，張炎的祖父張濡（張俊的玄孫）因部下曾誤殺元使，被元軍「磔殺」，這是非常殘忍的刑罰，相當於凌遲。隨後，家產被抄沒，張炎從世襲體面的貴族，變成了家破人亡的流浪漢。人間慘劇，不過如此。

兩年後，宋端宗景炎三年（一二七八年），輾轉偷生，到處漂泊的張炎路過韓侂冑故居慶樂園，感懷時事，心緒難平，寫詞弔之。

古木迷鴉，虛堂起燕，歡遊轉眼驚心。南圃東窗，酸風掃盡芳塵。鬢貂飛入平原草，最可憐、渾是秋陰。夜沉沉，不信歸魂，不到花深。

吹簫踏葉幽尋去，任船依斷石，袖裏寒雲。老桂懸香，珊瑚碎擊無聲。故園已是愁如許，撫殘碑、卻又傷今。更關情，秋水人家，斜照西泠。（〈高陽臺〉）

古木是說時間久遠，虛堂是說此處無人，只有迷失在此處或偶爾飛出來的鴉雀。當年的勝景，轉眼成空，歡遊是往昔，驚心是當下。悲風掃盡芳塵，只因為正是秋天。當年抗金名將韓侂冑被設計害死後，宋朝不顧國體尊嚴，「函首送金」，竟然將他的首級送到金國。所以，張炎在此處只能感慨其「歸魂」。下闋起筆，「斷石」、「寒雲」都是荒涼淒冷之景。故園到處都是愁緒，手觸殘碑，撫今追昔，只有深深的感傷。

這首〈高陽臺〉作於西元一二七八年南宋亡國前退守崖山時。曾經的大好山河，僅存崖山一角，宋朝大勢已去，滅亡的腳步日益逼近。張炎憑著對時局的判斷，嗅到了在這飄搖動盪的歲月裡，漸漸瀰漫的不尋常的血腥。是年四月，端宗逝世，趙昺繼位。五月改元「祥興」，六月遷崖山。次年二月，南宋覆滅。

國破家亡後，張炎在江浙一帶隱居。某日重遊西湖，良辰美景，賞心悅目。又逢春深，柳絮輕輕落在湖面，密林葉子間藏著黃鶯的巢穴，斷橋遊玩盡興歸來，斜陽日暮，泛舟返程。在如此秀美的湖光山色中，張炎卻生出無限傷感。

接葉巢鶯，平波卷絮，斷橋斜日歸船。能幾番遊？看花又是明年。東風且伴薔薇住，到薔薇、春已堪憐。更悽然，萬綠西泠，一抹荒煙。

當年燕子知何處？但苔深韋曲，草暗斜川。見說新愁，如今也到鷗邊。無心再續笙歌夢，掩重門、淺醉閒眠。莫開簾，怕見飛花，怕聽啼鵑。

張炎說，賞花又要等明年了。春光且伴薔薇來，薔薇開時，卻已生春盡之感。當年的西泠橋畔多麼繁華熱鬧，如今卻只剩一抹荒煙。下闋起筆明寫燕子失去故居，暗指自己失去家園，也如一隻無家可歸的燕子。燕本依人而居，如今屋毀，苔深草暗，舊時堂前燕飛來飛去，不知該在何處休憩。再也無心續笙歌舊夢，不如關起門來，淺醉閒眠。重簾不捲，因為不想看到紛紛落下的飛花，也害怕聽到杜鵑的陣陣悲鳴，唯恐這些自然的景物在自己心上再添濃愁。

這首〈高陽臺〉（西湖春感）將故國之思、亡國之痛，層層剝出，層層遞進，真實地還原了朱門大戶的貴族公子，在國破家亡後的悲戚心情。陳廷焯在《白雨齋詞話》中稱其「淒涼幽怨，鬱之至，厚之至」。山河破碎，成為烙在張炎心頭一塊永恆的傷疤。

然而命運似乎並不想就此放過張炎，心上的傷疤好了一層便要揭一層。

西元一二九〇年，應元政府的要求，張炎被迫北上，自杭州赴元大都（北京）抄經。亡國遺民的生活固然艱辛，但更痛苦的莫過於遺民的心路，尤其是對張炎這種國仇家恨紐結在一起的文人，一切反抗都顯得徒勞。行至大都，張炎心頭的亡國傷痛再次襲來，他借景抒情，借「紅葉」來比喻亡國遺民的苦楚。

萬里飛霜，千林落木，寒豔不招春妒。楓冷吳江，獨客又吟愁句。正船艤、流水孤村，似花繞、斜陽歸路。甚荒溝、一片淒涼，載情不去載愁去。

長安誰問倦旅，羞見衰顏借酒，飄零如許。謾倚新妝，不入洛陽花譜。為回風、起舞尊前，盡化作、斷霞千縷。記陰陰、綠遍江南，夜窗聽暗雨。（〈綺羅香〉）

上闋起筆，「萬里飛霜，千林落木」，既指天氣蕭索的寒冷，也暗示改朝換代後新政權的肅殺之氣。停船靠岸，目睹紅葉飛舞，片片紅葉，載不了情，卻可以載愁。借酒消愁，衰顏醉酒的臉，紅得如楓葉一般。遺民的生活亦如晚霞中飄零的楓葉般無依無靠，淒涼苦楚。紅葉雖曾有綠陰濃濃的時節，但此刻，也只能在寒夜的淒風苦雨中漸漸凋零。

張炎在這首詞中，沒有談及任何關於亡國和遺民的話題，但片片紅葉中卻寄託了他的無窮心事。故國之思，深沉眷戀；身世之感，扼腕嘆息。其一波三折處，令人讀之難忘。有人說，張炎北上是受元政府脅迫抄經；也有人說，張炎此去本想謀職，但終究願不能成。無論何緣由，第二年，張炎南歸，繼續自己的隱居生活。

有同樣南歸的朋友沈堯道來訪，絮絮數日，又別去。張炎頗有感慨，兼為朋友餞行，於是作〈八聲甘州〉，回憶北遊事。

記玉關、踏雪事清遊，寒氣脆貂裘。傍枯林古道，長河飲馬，此意悠悠。短夢依然江表，老淚灑西州。一字無題處，落葉都愁。

載取白雲歸去，問誰留楚佩，弄影中洲。折蘆花贈遠，零落一身秋。向尋常、野橋流水，待招來、不是舊沙鷗。空懷感，有斜陽處，卻怕登樓。

張炎回憶說記得當年北上抄經，寒風凜冽，踏雪艱辛。枯林古道，長河飲馬，幾個人在寒冬裡冒雪前行，此意悠悠。如今回到江南，雖然那些受辱的經歷已經過去了，但淚灑西州，還是生出無限的存亡之嘆。友人來了又要回去，依依不捨的永遠是離別的深情。折一枝蘆花贈送給即將遠行的友人，徒留我清冷孤寂，心如深秋。惆悵寂寞時，夕陽斜照，又添傷感。

這首詞從友人的離情起筆，過渡到家國之感，從個體的寂寥心事中滲透出對身世的感懷和亡國的感傷，寧靜舒緩中含著無奈的悲壯。所以沈祖棻稱讚這首詞：「流暢而不纖，渾厚而不滯，玉田詞中上乘也。」

在張炎的詞作中，常有這種撫今追昔的寂寞，無依無靠的失落。畢竟，從貴族之家的破碎中掙扎出來，他的生活已經與從前截然不同。國破，家亡，人散，偌大的世界就只剩下孤零零的自己。所以，當面對沈堯道這樣志同道合的朋友時，張炎定是分外珍惜。

「楚江空晚。悵離群萬里，恍然驚散。」（〈解連環〉）這是孤雁失群的悲傷，也是自己飄零身世的感懷。「漂流最苦。況如此江山，此時情緒。」（〈臺城路〉）這是張炎對自己全部心情最深刻的概括，也是他寂寞隱居時最痛苦的心聲。

張炎滿腹才華，不僅與蔣捷、王沂孫、周密等人並稱為「宋末四大家」，也是非常著名的文學理論家。他所著《詞源》在詞學理論，尤其是音律方面，為後人提供了豐富的資料和富有意義的指導。可惜晚景不佳，一個世襲貴族的後裔，最後淪落到不得不靠算命測字來維持生計，實在淒涼至極。

張炎的詞記錄了自己的心路歷程，真實地反映了南宋滅亡前後貴族知識分子的悲慘遭遇和情感變化。從這個意義上說，他的確是當之無愧的「南宋最後一位詞人」。

國家圖書館出版品預行編目(CIP)資料

宋詞是一朵情花：讀我千嬌百媚，願君如痴如醉 / 李會詩著. -- 初版. -- 新北市：晶冠, 2021.04
面； 公分. --(新觀點系列；18)

ISBN 978-986-99458-6-8(平裝)

1.宋詞 2.詞論

823.886 110002135

新觀點 18

宋詞是一朵情花：讀我千嬌百媚，願君如痴如醉

作　　者　李會詩
行政總編　方柏霖
責任編輯　王逸琦
封面設計　柯俊仰
內頁排版　李純菁
出版企劃　晶冠出版有限公司
總 代 理　旭昇圖書有限公司
電　　話　02-2245-1480（代表號）
傳　　真　02-2245-1479
郵政劃撥　12935041 旭昇圖書有限公司
地　　址　235 新北市中和區中山路二段 352 號 2 樓
E-MAIL　s1686688@ms31.hinet.net
旭昇悅讀網　http://ubooks.tw
印　　製　福霖印刷有限公司
定　　價　新台幣 350 元
出版日期　2021 年 04 月 初版一刷
ISBN-13　978-986-99458-6-8

作品名稱：《花千樹：宋詞是一朵情花》
作者：李會詩
本書經中國人民大學出版社有限公司授權，由晶冠出版有限公司出版繁體中文版本。